Newcastle
South Shields
South Tyneside
Sunderland
Castlerigg
Durham
Whitby / Transsilvanien
Robin Hood's Bay
Great Ayton
Rievaulx Abbey
Helmsley
York
Leeds
Beverley
Hull
[Castlerigg]
LONDON

AMSTERDAM
Gouda
Tiel
Dodewaard
Leuth
Rotterdam
„Fields of Gold“
Beesd
Ooij
Wamel
Rheinberg
Kevelaer
Duisburg
Wuppertal
Barmen
Gruiten
Köln

Michael Lutz

TWIN TOWN BLUES

Mit Fahrrad, Kazoo und Walkman von Wuppertal nach South Tyneside

GREEN ROUTE PRESS

Für
Luzia
Heinz-Werner
Herbert
Lothar

Es sind 480 Meilen bis South Tyneside,
wir haben Luft in den Reifen,
wir haben ein halbes Päckchen Tabak
und wir tragen Sonnenbrillen.

Barmen

Eigentlich könnte ich jetzt einfach ins Rathaus gehen, so wie ich das an jedem Morgen mache…

Die dreizehn (!) Stufen der Freitreppe hinauf, durch die linke der drei Doppelglastüren – nur an ganz besonderen Tagen nehme ich die mittlere, durch die rechte habe ich das Haus in all den Jahren noch nie betreten – durch die ungemütliche Eingangshalle hindurch, sieben (!) weitere Stufen und an der Pförtnerloge vorbei, durch die kahle, halbdunkle Vorhalle zum Zeiterfassungs-Stempelautomat – Karte rein, „08:16“ stempeln, Karte raus – durch die schmale Tür, in der mir meist Frau Sommer vom Ressort Presse und Stadtwerbung begegnet, durch den öden Lichthof zur Marktbrücke, im Volksmund die „Beamtenlaufbahn“ genannt, hier für die nächsten 8 – 10 Stunden ein letzter Blick hinaus in die freie Welt, und hinein in das Neubaufoyer, vorbei am Aufzug, an dem in der Regel Norbert von der Koordinierungsstelle Stadtentwässerung herumsteht und auf einen Lift wartet, links hinein in den schummerigen Gang, erste Türe rechts: Zimmer 101, Ressort 103.02, Geschäftsbereich 1 – das Kundenzentrum Umweltberatung.

In dreißig Sekunden wäre ich an meinem Arbeitsplatz.

Kollege Frank würde mich herzlich begrüßen und mit einem leicht vorwurfsvollen Unterton darauf hinweisen, dass er bereits vor 16 Minuten – nämlich um Punkt acht Uhr – das Kundenzentrum Umweltberatung geöffnet hat. Als dann, während ich die Liste der von Frank freundlicherweise bereits abgehörten Anrufe seit gestern Abend sichte, die aktuellen Ozonkonzentrationswerte dem Faxgerät entnehme, die Posteingänge durchsehe und – wie jeden Tag – bemängele, dass um sage und schreibe 8:17 Uhr immer noch kein Kaffee gekocht worden ist, würde das Umweltschutztelefon klingeln, die erste „wilde Kippe“ des Tages oder eine Geruchsbelästigung der übelsten Art oder eine Rattenplage oder eine Gewässerverschmutzung oder irgendein anderer Umweltmissstand würde gemeldet. Ein normaler, vielleicht auch ein nicht ganz normaler Arbeitstag – bei der Umweltberatung kann man da nie so sicher sein – würde seinen Lauf nehmen.

In dreißig Sekunden könnte ich drin sein.

Stattdessen sitze ich auf einer Bank vor dem Rathaus, habe die Füße über die Querstange meines Fahrrades gelegt, drehe mir eine Van-Nelle-Zwaar und beobachte, auf welch unterschiedliche Weise meine lieben Kolleginnen und Kollegen das Haus betreten.

Dirk vom Ressort Allgemeine Dienste – mit schmaler Aktentasche, gemessenen Schrittes, Blick nach oben, der typische Beamte aus dem Bilderbuch.
Volker von Entwicklung und Planung – stürmisch, jeweils zwei Stufen nehmend.
Anga von der Abfallwirtschafts-Koordinierungsstelle – hastig, den gesenkten Blick auf die Stufen geheftet.
Thomas aus der Unteren Wasserbehörde – locker, locker, mit praller Brötchentüte und breitem Grinsen.
Bruno von der Stadtforschung in seinem knielangen Allwettermantel, die Gitanes in einem Mundwinkel, im anderen einen Scherz.

Ich denke, ich sollte jetzt einfach mal reingehen.

Ich würde Frank und Ingrid erklären, dass ich es mir anders überlegt habe und dass sie nun doch in den nächsten drei Wochen mit meiner Arbeitskraft und meinen Launen rechnen dürfen. Ich würde im Büro des Ressortleiters anrufen und meine Urlaubstage würden mir wieder gutgeschrieben. In einer Stunde treffen sich meine Reisegefährten genau hier vor dem Rathaus, ich könnte kurz rausgehen und ihnen sagen, dass ich nicht mitkomme. Spätestens um zehn Uhr wäre es wirklich wieder ein ganz normaler Tag. Und heute Abend würde ich meine prall gefüllten Fahrrad-Packtaschen einfach wieder auspacken.

Ich sollte es tun – ich habe keine Lust, diese Reise zu machen.

Gestern Nachmittag hatte ich immerhin ein wenig Lust, nachdem mir Gordana zum zweiundvierzigsten Mal innerhalb der letzten acht Wochen klargemacht hat, wie gut diese Tour für mich wäre, insbesondere zur Überwindung meiner selbstgemachten Depression. Während sie zum wiederholten Mal und mit der ihr eigenen Akribie sämtliche Vorteile aufzählte, die mir diese Reise bringen würde, habe ich T-Shirts, Strümpfe, Pullover, Regenzeug usw. zusammengepackt. Während ihrer schauerlichen, aber durchaus realistischen Prognose, wie die nächsten Tage denn wohl aussehen würden, würde ich wirklich hier bleiben und mit meinem ständigen depressiven Gemaule mir selbst und meiner Umwelt auf den Geist gehen, habe ich meinen Personalausweis gesucht, einen Film in den Fotoapparat eingelegt und drei Kassetten für den Walkman überspielt.

Ich werfe die halbgerauchte Van-Nelle-Zwaar weg, hole den Walkman aus der Lenkertasche und lege eine Kassette ein: *Born To Be Wild.* Das schien mir gestern recht passend zu sein als musikalische Untermalung eines Radreise-Starts.

> Wenn ich früher mit Heinz eine Reise per Auto startete, legten wir immer als erstes die Kassette mit *Born To Be wild* ein, dann stieg Heinz wieder aus, überreichte einem der Umstehenden seine Armbanduhr zur gefälligen Aufbewahrung für die nächsten Wochen; danach zog er die Schnürriemen aus seinen Schuhen und warf sie mit großer Geste fort, was ein Akt der Befreiung von bürgerlichen Alltagszwängen sein sollte. Dann stieg er wieder ein, nahm mehrere symbolische Schlucke aus einer Flasche des griffbereiten Rotweinvorrates und bestand darauf, vor dem Start zunächst drei Zigaretten zu rauchen, nämlich – und hierbei war ihm die Reihenfolge sehr wichtig – eine „Rote“ (Rote Hand), eine „Weiße“ (Peter Stuyvesant) und eine „Grüne“ (Mentholzigarette). Danach erforderte das Ritual, ihn zu fragen, ob er denn Lust

habe, mit mir nach Frankreich (oder Holland oder Finnland oder wo es gerade hingehen sollte) zu fahren und er sagte darauf: „Ja“, dazu habe er gehörige Lust. Noch ein letzter, aber ordentlicher Schluck Rotwein aus der Flasche, den Kassettenrecorder auf den Anfang und *Born To Be Wild* zurückgespult und schon durfte ich starten. Spätestens am Hildener Kreuz war er dann eingeschlafen.

Heute bringt mich der Steppenwolf-Song nur wenig in Schwung. Er passt auch irgendwie nicht zum Rathausvorplatz. Eine Zehntelsekunde lang erwäge ich, die Schnürriemen aus meinen Turnschuhen zu ziehen. Tue es nicht, nehme aber einen Schluck aus der Wasserflasche und beschließe, eventuell doch mitzufahren. Vielleicht bis Vohwinkel oder bis Gruiten oder bis Duisburg.

Kurt, mein Vater, kommt und setzt sich mit auf meine Bank. Er möchte bei der offiziellen Verabschiedung unserer Gruppe dabei sein. Ich freue mich, dass er da ist. Kurt prüft meinen Reifendruck. Schlapp. Ich pumpe nach, während wir über mein bevorstehendes Abenteuer sprechen: Mit dem Fahrrad von Wuppertal nach South Tynside, Wuppertals Partnerstadt im Norden Englands. Circa 900 Kilometer. Das alles auf dem „GRÜNEN WEG“, also unter weitestgehender Vermeidung von Verkehrsstraßen. Dauer der Reise: 18 Tage. Wir werden 16 Leute sein, 10 Frauen und 6 Männer. Einige kenne ich von früheren Touren, einige nur von einem Kennenlerntreff in der Volkshochschule und ein, zwei Probefahrten durch das Bergische Land.

Schade, dass Bernd nicht mitkommen kann. Bernd strahlt Optimismus und Lebensfreude aus, ist ruhig, bedächtig und ausgeglichen, dabei aber spontan und äußerst kommunikativ. Er versteht meine Art von Humor und ich verstehe die seine. Er spielt Gitarre, man kann mit ihm über Fußball reden, er kennt jede Menge Eugen-Roth-Sprüche, hat aber leider seine Beinprobleme nicht beheben können und außerdem Hemmungen, Christiane und Arne fast drei Wochen alleine zu lassen. Und seine soeben gegründete Firma für Industrietechnik braucht ihn auch. Schade.

Der Rathausvorplatz belebt sich. Nach und nach treffen meine Mitfahrerinnen und Mitfahrer ein. Viele bringen ihre Angehörigen und Freunde mit.

Die Mitglieder meiner Gruppe sind überwiegend weiblich und von unbestimmtem Alter, sagen wir mal Typ „Lehrerin Sekundarstufe II, Biologie und Geschichte". Ich glaube, einige sind das wirklich. Ihre Namen habe ich seit der letzten Probefahrt fast komplett vergessen. Alle haben sich absolut professionell verkleidet, sehen aus, als seien sie gerade einem Katalog für Radtouristikfashion entsprungen. Selbst bei den ausgedehnten Begrüßungszeremonien nehmen sie ihre aerodynamisch gestylten Helme nicht ab. Auf dem Barmer Rathausvorplatz! Dabei blicken sie durch futuristisch anmutende Brillen von Oakley oder Eduscho.

> Irgendwann gab es mal eine Radtour des Umweltamtes, die auch am Barmer Rathaus startete und am Langenberger Sender endete. Bruno fuhr ein Kinderklapprad und trug dazu seinen knielangen Allwettermantel. Er kam damals als Erster am Grillplatz neben dem Sendemast an, trank dann das meiste Fassbier, schickte beim anschließenden Fußballmatch die Kollegen reihenweise in den knöcheltiefen Matsch und machte sich beschwingt auf die Rückfahrt. Der Saum seines Mantels schleifte auf der Straße und bei der wackeligen Fahrt mit seinem Kinderrädchen runter vom Langenberger Bismarckturm hatte er eine Gitanes im Mundwinkel. Schade, dass Bruno nicht mitkommt. Er ist in Frankreich und spielt Boule; ein Spiel, dass wir beide lieben. Es ist wohl die einzige Sportart, bei deren auch wettkampfmäßiger Ausübung man rauchen und trinken kann.

Kollege Frank kommt aus dem Rathaus. Ruhig steht er neben mir, die Arme vor der Brust verschränkt. Schaut auf das bunte Treiben. Begrüßt Bettina, unsere gemeinsame Kollegin aus dem Fraktionsbüro der Grünen, die wie immer mitfährt.

„Frank, ich glaube, ich habe gar keine Lust mitzufahren!"
Er schmunzelt und sagt: „Mach et Otze!"
Das sagt er gerne zu solchen Gelegenheiten.

Dorothee ist auch zur Verabschiedung gekommen. Sie umarmt mich und schenkt mir einen Riegel Mars. Als sie vor zwei Jahren bei unserer ersten Radreise nach South Tyneside in Amsterdam zu uns stieß, öffnete der Himmel gerade seine Schleusen. Es regnete und stürmte vier Stunden lang, bis wir durchnässt am Fährhafen von Ijmuiden ankamen. Ein Jahr später fuhren wir gemeinsam von Amsterdam nach Wuppertal, waren die „Guides" für das „Green Team", acht Radfahrfreunde aus der englischen Partnerstadt. Es regnete und hagelte und stürmte hundert Stunden am Stück. Die Tage waren kurz und dunkel, die Etappen lang, die Pausen rar, in den Schuhen stand das Wasser. Alles, was uns am Leben hielt, waren Dutzende Mars-Riegel und der heiße Tee aus dem englischen Begleitbus. Wenn ich Mars sehe, denke ich an diese vier unvergesslichen Oktobertage, an Wolkenbrüche und an Dorothee. In meiner Erinnerung wird sie immer mit strähnig-nassem Haar Mars knabbern und lachen.
Automatisch blicke ich zum Himmel – das Wetter sieht haltbar aus.
Schade, dass Dorothee diesmal nicht mitkommt.

Iris und Hans sind da. Auch sie haben die ersten Fahrten mitgemacht.
„Klar, Hans, einen Reserveschlauch habe ich dabei."
Hans ist immer sehr besorgt, dass irgendetwas Schlimmes passiert.
„Ja, passende Ventile auch!"
Schade, dass die beiden nicht mitfahren.

Irmgard Wohlert, die grüne Bürgermeisterin, tritt – assistiert von Frau Sommer – auf die Rathaustreppe. In ihrer herzlichen Art verabschiedet sie das *Green-Route-Team*, spricht über Städtepartnerschaft und Völkerverständigung, über sanften Tourismus und Abenteurergeist. WDR und Presse sind da, drehen und knipsen. Frau Wohlert überreicht den Wanderpokal, der bei jeder Tour von Wuppertal nach South Tyneside und von

South Tyneside nach Wuppertal mitgeschleppt wird, und Wolfgang verstaut den Pott in seiner Packtasche, spricht ein paar Worte an die Mannschaft und die immer größer werdende Menge. Dann lässt sich die grüne Bürgermeisterin – trotz meiner in der letzten Woche ihr gegenüber geäußerten herzlichen, aber eindringlichen Bitte, dies bitteschön nicht zu tun – einen städtischen Revolver reichen und fetzt ohne weitere Vorwarnung einen peitschenden Startschuss in den Barmer Himmel, auf dass die Rathaustauben schockiert aufflattern und an den Fenstern des Rathauses zahlreiche Kollegenköpfe erscheinen.

Off we go!

Letzte Umarmungen – hundert gute Wünsche, ein paar Tränen. Wir steigen auf unsere Räder und fahren zwei, drei Runden über den Rathausplatz. Alle winken und klingeln. Meine Klingel klingelt am allerschönsten. Es ist eine chinesische Klingel. Meine Eltern haben sie aus Peking mitgebracht.

Ich halte noch einmal an, drücke Kurt die Hand.
Hans klopft mir krachend auf die Schulter und warnt eindringlich vor Speichenbrüchen, Kettenrissen, Rahmenbrüchen und sonstigem Ungemach, besonders übel, wenn es darüber dunkel wird. Oder Regen-Hagel-Schnee fällt. Oder alles auf einmal. Und Dunkelheit dazu.
Noch eine Runde und weg vom Platz…

Hinein in die Große Flurstraße.
Soll ich das w-i-r-k-l-i-c-h machen?
Beckmannshof.
Ich stelle meinen Kilometerzähler auf „0“.
Mühlenweg.
Hinein in den Freitag-Vormittag-Horror-Autoverkehr.
Parlamentstraße.
Da steht Kurt schon wieder und winkt und fotografiert.
Bleicherstraße.

Schade, dass Kurt nicht mitkommt. Er ist zwar achtundsiebzig, aber unheimlich fit. Warum komme ich erst jetzt darauf? Wir hätten drei Wochen zusammen sein können!
Unterdörnen.
Eigentlich Irrsinn, mit dem Rad bis nach Nordengland zu fahren.
Wartburgstraße.
Jetzt könnte ich rechts abbiegen und die Loher Straße/Buchenstraße hoch nach Hause fahren.
Farbmühle.
Aber jetzt einfach aussteigen?!
Hünefeldstraße.
Jetzt könnte ich wieder rechts abbiegen und über den Neuenteich nach Hause fahren.
Hardtufer.
Oder doch nicht?
Hofkamp.
Jetzt könnte ich wieder rechts abbiegen und auch über den Neuenteich nach Hause fahren.
Neumarkt.
Oder mich hier in ein Café setzen, Zeitung lesen, entspannen, abschalten, nachdenken.
Neumarktstraße.
Ich sollte mehr auf diesen höllischen Verkehr achten.
Friedrich-Ebert-Straße.
Blödes Kopfsteinpflaster. Ich glaube, ich habe immer noch zu wenig Luft, besonders hinten.
Sophienstraße.
Aber damals, 1997 die Fahrt nach England, war doch toll!
Aue.
Aber da waren auch tolle Leute mit – Hans und Iris, Brigitte, Dieter, Edelgard und Dorothee.
Bundesallee.
Und warum sollten die Lehrerinnen – „SEK II, Biologie und Geschichte“ – nicht genauso super sein?

Nochmal Friedrich-Ebert-Straße.
Wenn wenigstens Robert sich zur Mitfahrt entschlossen hätte, würden wir jetzt bereits seit 30 Minuten lachen.
Sonnborner Straße.
Jetzt könnte ich rechts abbiegen und zu meinen Eltern fahren und wir würden gemütlich Kaffee trinken.
Rutenbecker Weg.
Lassen wir es doch auf ein „Gottesurteil" ankommen: Wenn die nächste Ampel „rot" zeigt, steige ich aus. Zehn Meter vorher springt sie auf „grün".
Sonnborner Ufer.
Lastwagen vor mir, Lastwagen neben mir, Lastwagen hinter mir – Lärm, Abgase, Gestank.
Kaiserstraße.
Der erste, wenn auch leichte Anstieg. – Bin ich eigentlich körperlich fit für eine solche Tour nach all dem Stress der letzten Wochen und Monate?
Lienhardstraße.
Bin ich eigentlich psychisch fit?
Lienhardplatz.

Pause.

Das erste Teil-Etappenziel ist erreicht.
Die ersten Sonnenstrahlen.
Barmen liegt weit hinter und der *Grüne Weg* vor uns.

Ich pfeife einen Auszug aus *Born To Be Wild* und versuche, mit der Sonnenbrille den gleichen Blick aufzusetzen wie Peter Fonda in der Szene, als er mit Dennis Hopper losfährt.

Gruiten

Wir sind auf dem Weg.
Endlich aus der Stadt heraus und schon geht es mir besser.

Hinter Vohwinkel wird es merkbar wärmer. Die Junisonne scheint auf die am Wegesrand liegende Justizvollzugsanstalt und – was noch besser wirkt – auf Karl Bröckers Getreidefelder. Auf der sanften Abfahrt hinunter nach Gruiten können wir es richtig schön laufen lassen. Mein Tachometer pendelt zwischen 30 und 35. Ich bremse sanft an. Jürgen, dann Gertrud, Wolfgang und Herbert zischen an mir vorbei und sind schon im Dorf, als ich mit den anderen eintreffe. Wir steigen ab.

Die erste richtige Pause im satten Grün des Gruitener Dorfparkes.
Ich packe Dorothees Mars aus und blicke zum Himmel.
Blauer Himmel, leichte Bewölkung, kein Regen, gottlob.

Ich schaue in die Runde.
Wir sind vierzehn.

Lothar kenne ich schon von den früheren Fahrten. Er ist, glaube ich, sehr schlau, weiß auf jede Frage eine Antwort und kennt für jedes Problem eine Lösung. Er kennt offensichtlich die Problemlösungen bereits, bevor das Problem entstanden ist. – Einfach genial. Lothar ist dabei zurückhaltend, abwägend, unaufdringlich, spricht absolut druckreif. Und Humor hat er auch. Lothar finde ich toll.

Ulrike ist Lothars Frau. Auch sie war bei allen Touren dabei. Sie spricht seltener als Lothar, dann aber ebenfalls druckreif. Alles, was sie sagt, ist vorher bestens durchdacht. Sie spricht immer mit der gleichen Lautstärke und im gleichen Tempo. Ulrike ist ein Muster an Gleichmäßigkeit. Sie fährt auch Fahrrad sehr gleichmäßig. Immer das gleiche Tempo, bergauf oder bergab oder auf flacher Strecke. – Immer gleichmäßig. Sie stöhnt oder keucht auch nicht, wenn es einen Berg mit

12% Steigung hinauf geht. Sie fährt ihn einfach gleichmäßig hoch. Sie schwitzt auch nicht dabei. Sie ist auch nie strubbelig – egal wie stark der Gegen- oder Seiten- oder Fahrtwind auch sein mag. Möglicherweise wird sie bei Regen auch nicht nass. Werde in den nächsten Tagen mal darauf achten.

Zusammengefasst gesagt: Ulrike ist perfekt. Und zusammen sind die beiden super-perfekt. Ich denke, wenn Ulrike und Lothar sich in der Küche oder im Schlafzimmer unterhalten, könnte man einen Mitschnitt ohne jedwede Korrektur im Kulturteil der Zeit oder in der Wissenschaftsbeilage der Frankfurter Allgemeinen oder im Wirtschaftsteil der Süddeutschen oder eigentlich überall veröffentlichen. Total super-mega-perfekt die zwei.

Ich stehe neben Bettina und wir rauchen eine Pausenzigarette. Auch Bettina war bereits in den Vorjahren mit auf Tour. Außerdem kenne ich sie durch unseren gemeinsamen Arbeitsplatz im Rathaus, wo sie im Fraktionsbüro der Grünen arbeitet. Ich mag ihre ruhige Art. Besonders mag ich ihr Lächeln.

Wolfgang und Annelie sind die Initiatoren des GRÜNEN WEGES und die Organisatoren dieser Reise. Ich kenne sie seit der ersten Fahrt vor knapp zwei Jahren. Eine Eigenschaft von Wolfgang, die mir sehr gut gefällt, ist, dass er sich für Aktionen total begeistern kann, wie ein Kind darin aufgeht. Immer sind es Sachen, hinter denen ich auch stehe. Und: Er zieht Pläne durch – riesig seine Phantasie und sein Einfallsreichtum.

Bei Annelie war ich anfangs sehr skeptisch, ob ihre Offenheit und ihre direkte Art, auf Leute zuzugehen, nicht nur aufgesetzt ist. Inzwischen weiß ich, Anne ist tatsächlich so herzlich, wie sie tut, und eigentlich würde ich gerne genauso neugierig auf alles, aber auch alles sein, wie sie es ist. Ich habe beide gern. Ich denke, es gibt ein paar hundert Dinge, über die wir noch nicht gesprochen haben und die wir gemeinsam gut finden.

Zum Beispiel bin ich sicher, dass die beiden genau wie ich Gruiten-Fans sind. Kleine Fachwerkhäuser mit Butzenscheiben, der Kirchturm mit seinen harmonischen Proportionen, die alten Bäume, die Düssel, die durch das Dorf plätschert. Dieses ganze Arrangement strahlt Harmonie, Ruhe und Frieden aus. Gruiten sieht auch im Sommer '99 noch so aus, wie es in den Sommern '59 oder '29 ausgesehen hat. Keine Leuchtreklamen, ein Kaufladen, zwei Wirtschaften.

In einer dieser Kneipen feierten Heinz und ich den Jahreswechsel 1970/71, als wir – gefrustet von diversen Komplikationen mit und zwischen uns zugeneigten Wuppertaler und Holländischen Mädchen – dem Partytrubel entfliehen wollten.

„Hast du Lust, mit mir aufs Land zu fahren?“, fragte ich ihn am frühen Silvesterabend. Er rauchte bedächtig eine rote, eine weiße und eine grüne, legte seine Armbanduhr ins Handschuhfach, ließ aber zur Feier des letzten Tages im Jahr oder wegen der zu erwartenden kurzen Reisestrecke und -dauer seine Schnürriemen da, wo sie hingehörten, bekundete feierlich, Lust zu haben und wir fuhren nach Gruiten. In der Dorfwirtschaft spielte eine zweitklassige Dorfband drittklassige Stücke von Creedence Clearwater und den Hollies. Wir tranken Bier aus Halblitergläsern mit Henkeln dran, und wenn die Band eine Pause machte, entwickelten wir brilliante Strategien, wie im neuen Jahr unsere Komplikationen geregelt werden könnten. Auf dem langen und kalten Fußweg zurück nach Sonnborn beschlossen wir irgendwann zwischen vier und fünf Uhr morgens, die nächsten Sommerferien in Schweden und/oder Finnland zu verbringen. Alle ihm vorliegenden Informationen, so Heinz, sprächen dafür, dass es im direkten Umgang mit den Mädels dieser „Ländereien“ – ich erinnere mich genau an diesen in dieser Nacht zum ersten Mal, später sehr häufig gebrauchten Ausdruck – keinerlei Komplikationen geben würde. Mit den Frauen dort sei – und wieder ein neues Wort, geprägt im kreativen Neujahrsrausch – „gut lustig sein“.

Fünf Frauen sind neu in unserer Gruppe. Sie heißen Lina, Doris, Heidi, Luzia und Gertrud. So viel weiß ich inzwischen.
Wer Heidi und wer Doris ist, habe ich allerdings noch nicht rausbekommen. Luzia fragt mich, wie viele Kilometer wir schon gefahren sind. Ich schaue auf meinen Kilometerzähler.
„Sechzehn-Komma-Vier“.

Ella und Jürgen sind auch neu dabei. Sie sind mir von Anfang an sehr sympathisch, scheinen beide immer gute Laune zu haben. Ebenso Herbert, der mich bereits bei den Probefahrten durch seinen Witz und ein schönes Gespür für Wortspiele beeindruckte.

Barbara und Heinz-Werner treffen wir erst morgen Abend in Kevelaer. Sie betreiben irgendein Geschäft in Ronsdorf und dieses Geschäft muss Freitag und Samstagmorgen geöffnet sein. Hoffentlich bringt Barbara nicht diesen spöttischen Blick mit, mit dem sie mich bei der letzten Probefahrt permanent belegte.

Der *Grüne Weg* ruft.

Schnell werden noch einige Fotos gemacht und dann geht es hinein ins Tal der Düssel, wo alle einen Stein finden, die noch keinen im Gepäck haben, den – so will es die Tradition – wir in zwei Wochen in die Nordsee bei South Tyneside werfen werden, durch die Wälder zum Neandertal, wo wir in einem Gartencafé Suppe-Kaffee-Kuchen fassen und wo uns allen bewusst wird, dass wir jetzt wirklich unterwegs sind – eine Tatsache, die einige offenbar derart erschreckt, dass sie ganz dringend handymäßigen Kontakt mit der fernen Heimat aufnehmen müssen.

Weiter nach Erkrath. Dann auf Schleichwegen durch Kleingartensiedlungen mit einer ungewöhnlich hohen Dichte an Schwarz-Rot-Gold-Fahnen, durch Wälder und gepflegte Parkanlagen, vorbei an Tennisplätzen und Wiesen mit Kühen und Pferden stundenlang durch die Randbezirke von Düsseldorf nach Ratingen, wo wir im Stadtpark campieren, wo Luzia mich fragt, wie viele Kilometer wir denn nun bereits zurückgelegt haben (Einundvierzig-Komma-Sieben), wo Herbert irgendeinen Schabernack mit den Stadtparkschwänen treibt und ich zum ersten Mal dieses absolut unvergessliche Lachen von Doris oder Heidi – ich weiß immer noch nicht, wer von den beiden wie heißt – höre.

Weiter geht's durch die hohen Buchenwälder nahe des Flughafens, durch die wir ganz leise fahren und wo ich plötzlich ziemlich sicher bin, dass ich nicht heute Abend aussteigen werde.

Die Sonne scheint.
Es ist windstill. Wir ziehen unsere Pullover und Jacken aus.

Beiläufig erkundigt sich Luzia, wie viele Kilometer wir schon gefahren sind. Es sind Vierundfünfzig-Komma-Null, als wir durch Angermund kommen.

Wieder ein Buchenwald, wieder Stille.
Ein schmaler Waldweg. Vor mir fährt Doris, hinter mir Heidi. Vielleicht ist es auch umgekehrt. Ich fühle mich wohl.
„Was will man mehr?!" rufe ich und die Frau vor mir lacht dieses unvergessliche Lachen.

Ich pfeife *Summertime* und sie pfeift mit.
Was will man mehr?!

Ganz plötzlich endet der Wald.
Das Ziel der ersten Etappe ist erreicht.
Die fünf oder sind es sieben oder gar neun Seen von Duisburg-Wedau liegen vor uns und werden von Anne fotografiert.

„Einundsiebzig-Komma-Null" murmele ich ungefragt, als Luzia neben mir steht und mir in die Augen schaut.

Duisburg

Wann kommt man schon mal nach Duisburg?

Bei genauer Zählung komme ich auf ganze fünf Duisburg-Besuche in meinem langen Leben.

Nicht mitgezählt sind dabei die vielen Autofahrten durch Duisburg meist auf der Bundesautobahn Nr. 3, bei denen ich – in der Regel auf dem Weg nach Holland oder zurück – Duisburger Stadtgebiet durchquert habe. Die Stadt selbst sieht man bei diesen Durchfahrten überhaupt nicht. Die Autobahn verläuft in einem grünen Einschnitt, der von anderen Straßen und Eisenbahntrassen vielfach gekreuzt wird. Eine Raststätte oder einen Parkplatz gibt es nicht. Ohnehin würde man in Duisburg keine Pause machen. Entweder ist man ja gerade erst gestartet, steckt sich die erste Van-Nelle an und berechnet aus den Faktoren „noch zu fahrende Kilometer", „Durchschnittsgeschwindigkeit" und „Verkehrsaufkommen" das erfreuliche Ergebnis, bereits in einer Stunde auf der Terrasse von Richy einen Kaffee trinken zu können, oder man ist auf dem Rückweg, sinnt darüber nach, dass man vor nicht einmal einer Stunde noch in Arnheim war, freut sich auf zu Hause und dreht die letzte Van-Nelle der Reise.

Ebenfalls nicht mitgezählt habe ich die Duisburg-Besuche, die der Mitgestaltung oder der Beobachtung von Fußballspielen galten. Fußballplätze haben etwas Exterritoriales. Die Felder von Duisburg 48/49 oder Hamborn 07 unterscheiden sich nur unwesentlich von denen der Sportfreunde Neviges-Siepen oder von Sparta Bilk. Selbst vom Wedaustadion, in dem ich zuletzt das Bundesligaspiel MSV gegen Bayer Leverkusen sah, habe ich nur die Erinnerung an einen genialen Bernd Schuster, der mit geringstem Laufaufwand das Spiel dominierte und von dessen millimetergenauen Pässen der damals gerade neu zu Bayer gekommene Paulo Sergio profitierte.

Von meinem ersten Besuch in Duisburg ist nur eine, aber immerhin eine sehr lebhafte Erinnerung geblieben:

1961 – Wandertag der Quinta. Nach morgendlicher Hafenrundfahrt wurde nachmittags der Duisburger Zoo besucht. Panischer Schrecken, als der bis dahin schlapp-friedlich herumliegende sibirische Königstiger in Sekundenbruchteil-Schnelle seine Sieben-Zentner-Urgewalt gegen das Käfiggitter warf und dabei aus weit geöffnetem Reißzahn-Maul einen markerschütternden sibirischen Königstiger-Urschrei ausstieß. Er hatte den hinter uns Kinder herankommenden Tigerpfleger gesehen und der trug einen großen Eimer mit rohem Fleisch. Der Vorfreude aufs Abendessen hatte der Tiger sprunghaft und laut Ausdruck verliehen.

Der Schock hielt Jahrzehnte an. Duisburg – die Tigerstadt.

Vielleicht dauerte es deshalb fünfunddreißig Jahre bis zu meinem zweiten Duisburg-Besuch. Vielleicht aber auch deshalb, weil Duisburg weder eine reizvolle Altstadt noch so etwas wie die Westfalenhalle, noch eine Ikea-Filiale, noch irgendetwas sonstwie Interessantes im Stadtangebot hat. Und im Gegensatz zu meinem Vater, den es – lange bevor er dann meine Mutter traf – der Liebe wegen häufig nach Duisburg-Meiderich zog, lernte ich Frauen aus Eindhoven, Bochum, Arnheim, Lahti, Queens, Trondheim und wer-weiß-woher, nie aber Duisburgerinnen kennen.

Zum zweiten Mal Duisburg im Sommer 1996, am Tag, der mit einem Rekordwert von 268 Mikrogramm pro Kubikmeter Luft in die Geschichte der Ozonkonzentrationsmessungen einging. Bei Werten über 120 wird empfindlichen Personen empfohlen, auf ungewohnte körperliche Betätigung im Freien zu verzichten. Bei Werten über 180 gilt diese Empfehlung für alle!

In Begleitung zweier Freunde reiste ich mit der Bahn nach Duisburg. Wir hatten unsere Räder dabei, wollten an einem Tag – vermutlich als erste Weiße überhaupt – an der Ruhr entlang von der Mündung bis zur Quelle fahren. Das war Peters Idee gewesen. Peter, bekannt, ja berüchtigt, für absolute ultimative hardcore Rad-Tagestouren würde jemanden, der den Vorschlag ins Gespräch zu bringen wagen würde, darüber nachzudenken, doch eventuell aus praktischen Erwägungen lieber von der Quelle zur Mündung eines Flusses, also „bergrunter" zu radeln, wahrscheinlich als „Weichei", „Warmduscher" oder noch Schlimmeres titulieren.

Mit irgendwelchen Bedenken hinsichtlich möglicher Risiken in Bezug auf überhöhte Ozonkonzentrationen hätte ich ihm gar nicht erst kommen dürfen.

Es war der noch frühe Morgen dieses glutheißen Junisonntags, als unsere Expedition bereits nach wenigen Kilometern durch die Duisburger Innenstadt ins Stocken geriet.

„Fahren Sie vom Hauptbahnhof zunächst zum Ruhrdeich", hatte der Radreiseführer formuliert. Irgendwo zwischen Zollamt, Technischem Überwachungsverein und überdimensionierten Innenstadt-Schnellstraßen hatten wir die uns von freundlichen Taxifahrern am Hauptbahnhof beschriebene Spur zum Ruhrdeich verloren, standen auf bereits glühend heißem Asphalt zwischen glühend heißem Beton und hatten über drei verschiedene Richtungsvorschläge zu befinden, als sich – ebenfalls auf einem Fahrrad, die frische Bild am Sonntag unter den Gepäckträger geklemmt – ein älterer Herr mit roter Gesichtsfarbe näherte.

„Entschuldigung, wir wollen zum Ruhrdeich!", rief ich ihm entgegen. „Was wollen Sie? – Rührei?!"
Der Mann hielt an.

„Guten Morgen, wir suchen den Ruhrdeich."
„Rührei?"
Peter und Sascha feixten im Hintergrund.
„Nicht Rührei – wir suchen den R-u-h-r-d-e-i-c-h", bemühte ich mich um deutliche Aussprache.
„Wir wollen nach Hagen!", versuchte Peter mich mit einer neuen Strategie zu unterstützen, die den Herrn aber eher zu verwirren schien. Irgendwo im Duisburger Niemandsland jemanden nach dem Radweg nach Hagen zu fragen, ist ungefähr so sinnlos, als ob man im Nächstebrecker Industriegebiet die beste Wanderroute nach Castrop-Rauxel oder am Beyenburger Stausee die optimale Schifffahrtstrasse nach Singapur erfragt.

Der Mann stieg vom Rad ab und schnaufte.
„Sie müssen entschuldigen, ich hatte gerade einen Schlaganfall."
Er sagte es so, als ob ihn dieses Unglück gerade eben vor der Straßenunterführung ereilt hätte.
„Was wollen Sie denn?"
Er drehte den Kopf und hielt mir sein großes Ohr vors Gesicht.
„Zum R-u-h-r-d-e-i-c-h", buchstabierte ich ihm hinein.
„Aha – Ruhrdeich", schien er nun endlich verstanden zu haben.
„Fahren Sie hier durch die Unterführung bis zur nächsten Ampel und dann einfach rechts oder links."
„Ja – also hierdurch bis zur Ampel", repetierte ich, „und dann rechts oder links."
„Genau", wiederholte der Mann, „bis zur A-m-p-e-l und dann rechts oder links."

Rechts oder links?
Das Gespräch trat irgendwie auf der Stelle.
„Bitte, an der nächsten Ampel nach rechts oder nach links?"
Langsam wurde ich ungeduldig.
Immerhin war es bereits bald halb acht. Immerhin wollten wir ja noch bis ins Hochsauerland.

Peter versuchte es noch einmal auf seine Art: „Sagen Sie doch mal ganz einfach, wo geht es hier nach Haaaaagen?“
Unbelehrbar, mein Kumpel.

Der Mann schwitzte. Er beendete das Gespräch, würdigte Peter keines Blickes, bestieg sein Rad, murmelte noch einmal beschwörend „rechts oder links“ in meine Richtung und machte sich auf seinen Weg.
„Ich nehm‘ doch lieber Rühreiʺ, rief Sascha ihm nach.
Doch der Mann hörte ihn schon nicht mehr.

Wir fuhren durch die Unterführung ca. 200 Meter bis zur genannten Ampel. Unsere Straße kreuzte hier die Straße „Ruhrdeich“. Links ging's zum Hafen und zur Ruhrmündung, rechts in Richtung Mühlheim.
Wir verließen Duisburg flussaufwärts.

Ein gutes Jahr später war ich schon wieder in Duisburg. Die „Grüne-Weg-Pionier-Radfahrt“ von Wuppertal nach South Tyneside streifte auf ihrer zweiten Etappe von Krefeld-Linn nach Xanten die linksrheinischen Duisburger Stadtteile. Mein Drei-Gang-Damen-Rad beklagte den ersten von vielen Defekten in Duisburg-Rheinhausen. Wir ersetzten den perforierten Schlauch und verließen die Stadt in Richtung Orsoy und Rheinberg. Kurz vor der Friedrich-Ebert-Brücke sieht man am anderen Rheinufer die Ruhrmündung. – Ein Blick auf den Ruhrdeich und die Erinnerung an die Tour entlang der Ruhr, die damals im Übrigen in Hattingen endete.

Beim vierten Besuch der Stadt – Ende Oktober 1998 – übernachtete ich erstmals in Duisburg. Wieder waren wir auf dem *Grünen Weg* unterwegs mit den englischen Radfreunden aus unserer Partnerstadt South Tyneside, die wir von der Fähre in Amsterdam abgeholt hatten.

Früh morgens waren wir in Kranenburg in der Nähe der holländischen Grenze gestartet, hatten uns gegen heftigen Wind, peitschende Regen- und Hagelschauer gestemmt, in langen nassen Stunden mit dem gemeinsamen Absingen von passenden Songs wie *Good Day Sunshine*, *California Dreaming* usw. uns und den Teamgeist lebendig gehalten und erreichten – hinter Kalkar beklagte mein Drei-Gang-Damen-Rad den letzten seiner unzähligen Defekte – die Duisburger Stadtgrenze bei Einbruch der Dunkelheit und gleichzeitigem Übergang des bis dahin gleichförmigen Dauerregens in ein monsunartig anmutendes Niederschlagsereignis.

Während der folgenden Abendstunden gewann ich erstmalig einen Eindruck von den ungeheuren Dimensionen der Stadt, die nach meinen „Er-fahrungen" rein flächenmäßig die größte Stadt der Welt sein muss. Alt-Homberg, Hochheide, Hochemmerich, Rheinhausen. Riesige sturmgepeitschte, nasse, menschenleere Stadtteile, in die wir uns verirrten. Eine Endzeit-Szene, als wir uns zu dritt in eine Telefonzelle, dem einzigen halbwegs trockenen Platz in Duisburg, quetschten, um mit nassen Händen in aufgeweichten Karten zu fingern, herauszufinden, wo wir sind und wie wir nach Duisburg-Wedau kommen, um durch die beschlagenen Brillengläser nichts mehr zu erkennen, als John in feuchten Taschen nach einem Kompass kramte.
Was sollte der uns helfen?
Tiefste Verzweiflung, als ich meine Zigarettenblättchen als nassen Papierbrei fand.
Fucking Duisburg.

Auf irgendeiner, wenn auch der falschen, aber immerhin irgendwann irgendwie gefundenen Rheinbrückenauffahrt der werweiß-wievielte Platten. Willy Mc Govern von den Tynesidern hatte es erwischt. Im kalten Regen saß ich total erschöpft neben Dorothee auf einer Leitplanke. Wir teilten einen letzten Mars-Riegel und ich wollte überall sein – nur nicht in Duisburg.

Nach 118 Kilometern endlich Wedau.
Jugendherberge mit Dach drüber. Windstill. Neun Uhr abends.
Das Abendessen seit sechs Uhr kalt.
Draußen tobte noch immer der Monsun.

In meiner ersten Duisburger Nacht träumte ich – übrigens nicht zum ersten Mal, aber für einen Neunundvierzigjährigen doch bemerkenswert, andererseits angesichts der tiefen Krise des Deutschen Fußballs wiederum nicht ganz unbegründet – endlich in den Kader der Nationalmannschaft berufen worden zu sein und mich in der Sportschule Wedau – nur wenige hundert Meter von der Jugendherberge entfernt – auf eine Südamerika-Tournee vorzubereiten.
Dem Erwachen folgte Ernüchterung: statt Lothar Matthäus und Thomas Heßler Lothar Bracht und Tom Fennelly, statt Lockerungstraining in Maracana der nasse Radweg über Linn, Kaiserswerth und Neandertal nach Vohwinkel.

Meine letzte Begegnung mit Duisburg liegt erst wenige Wochen zurück und verlief völlig unspektakulär. Wieder kamen wir mit dem Rad. Ich habe inzwischen ein neues mit 27 Gängen, einem brezelförmigen Lenker sowie zwei Trinkflaschen. Das treue Drei-Gang-Damen-Rad wurde zum Stadt-Rad degradiert und musste seinem Nachfolger die Peking-Klingel überlassen.

Über Sprockhövel, Hattingen, Essen, Kettwig, Mülheim, Oberhausen nach Duisburg. Ein schöner Tag im Mai. Trockenes Wetter, gute Orientierung, keine Platten, keine Tiger.

„Wir sollten Rührei bestellen", schlage ich Peter und Sascha vor, als wir abends in einer lauten Duisburger Kneipe sitzen. Aber dann ordern wir doch nur drei Pils, lehnen mit knapper Mehrheit Peters Vorschlag ab, über Ratingen-Heiligenhaus-Mettmann-Wülfrath nach Hause zu radeln. Schließlich ist es bereits acht Uhr abends und dämmerig.

Wir bestellen stattdessen noch eine Runde, schmettern Peters Zusatzantrag ab, wenigstens noch bis Düsseldorf „schön am Rhein entlang“ zu radeln. Schließlich ist es bereits halb neun und fast dunkel.
Stattdessen trinken wir noch ein Pils und ich erzähle den beiden etwas vom GRÜNEN WEG, bringe sie mal wieder mit der Geschichte von meinen fünf Platten an einem Tag damals im Lake District zum Lachen, und Peter versucht nur noch halbherzig, uns zum Weiterfahren zu ermuntern.
Schließlich ist es bereits halb zehn und stockdunkel.
So fahren wir irgendwann mit dem Zug nach Wuppertal zurück.

Und jetzt bin ich schon wieder in Duisburg.
Es ist fast halb elf Uhr abends.
Und es ist still im ehemaligen Hochofen von Meiderich.
Über dem stählernen Koloss, in dem noch vor wenigen Jahren rund um die Uhr Eisenerz zu Stahl gekocht wurde, der Tag und Nacht von Lärm und Hitze und Gestank und Dampf überbrodelte und der sich jetzt als Landmarke, Aussichtsplattform und Mittelpunkt des Landschaftsparkes Duisburg-Nord dienend dumpf-kalt-still-tot aus den ihn umgebenden schnell hochwachsenden und ihn irgendwann bald verschlingenden Birken erhebt, ist die dünne Sichel des ersten Sommermondes in den dunkelblauen Himmel gestanzt.

Vom Kaiserberg im Süd-Osten – dort, wo wir herkamen – kriechen bodennah die Mordor-Schatten der Abenddämmerung heran.

Im Westen ist noch Nachmittag.
Dreidimensional der Himmel dort, sonnenüberflutet.
Die Wolkenschiffe rosa umrändert.
Tausendundein Kilometer weit geht der Blick.
Hinter den Scherenschnitten der Rheinbrücken und anderer Stahlwerke – leben sie noch, oder stehen auch dort Menschen auf Aussichtstürmen? – liegt die große Ebene, dahinter das Meer, dahinter die Insel, die das Ziel unserer Reise ist.

Zeit des Aufbruchs.
Zeit des Wechsels.

Noch zwei Tage, dann hat die Sonne den nördlichsten Punkt ihrer Reise durch das Jahr erreicht. Danach werden die Tage wieder kürzer.
In vier Tagen werden wir am Rande des Meeres stehen.
Noch zwölf Tage und der Mond wird voll sein und wir werden auf den Klippen von Whitby nach Osten blicken.
365 Tage später wird wieder ein Sommer beginnen und ich werde mit anderen Menschen an einem anderen Ort sein.

Einige Sommer später werden die Betonflächen, die Kohlebunker, die Zufahrtsstraßen, die sich gabelnden Bahntrassen nicht mehr zu erkennen sein. Schon hat die zweite Generation von Pionierpflanzen – Birken, Weiden, Holunder, Sommerflieder – von ihnen Besitz ergriffen. Ich werde ein alter Mann sein und um das Geflecht der sich umschlingenden Rohrleitungen und die langsam verfallenden Mauern werden die Ururenkel der heutigen Schwalben kreisen. Irgendwann wird nur noch rostig-trotzig das zusammengestürzte Stahlgerüst die Jahrhunderte überdauern. Namen wie KRUPP und HOESCH werden nicht mehr bekannt sein und Menschen werden kommen und rätseln, so wie sie heute staunend und rätselnd in CARNAC und STONEHENGE oder CASTLERIGG stehen.

Jemand hat einen Schalter umgelegt. Vielleicht war es auch eine automatische Zeituhr. Das tote Stahlwerk leuchtet. Tiefblau die Rohrlabyrinthe, rostrot das Gemäuer, neongrün der Heiligenschein der Schornsteine.

Die Dunkelheit bleibt im Süd-Osten stehen.

Dylans *It's Not Dark Yet* aus dem Walkman in meinem Ohr, Glühwürmchen – seit 1970 nicht mehr gesehen – vor meinen Augen.

Der Westen ist hell.
Ich bin fünzig und ich habe mich endgültig zum Start entschlossen.

Rheinberg

Das Radfahren in einer Gruppe von 16 Personen gestaltet sich vollkommen anders als eine Radtour, die man alleine oder mit nur einem oder zwei Partnern macht.

Wichtig ist ein hohes Maß an Disziplin, wenn gewährleistet sein soll, dass alle gesund und gemeinsam zu einem akzeptablen Zeitpunkt – d. h. möglichst vor Einbruch der Dunkelheit, zumindest aber vor Küchenschluss – am Zielort ankommen. Ein vorher abgesprochener grober Zeitplan zur Bewältigung der Route ist unerlässlich und sollte eingehalten werden. Bei Streckenlängen von 80, 90 oder gar 100 Kilometern muss die Anzahl und die Dauer der notwendigen kurzen oder auch längeren Pausen naturgemäß begrenzt sein.

Dieser Fakt steht allerdings im Widerspruch zum individuellen Bedürfnis nach der „kleinen Pause zwischendurch“, dem man als Einzelfahrer – „Och, hier bleibe ich jetzt mal ein, zwei Stündchen“ – oder als Zwei-bis-Drei-Personen-Team –„Wie schön hier, lasst uns doch mal ein Päuschen machen“ – spontan nachkommen kann.

Um das Individualbedürfnis nach einer Pause auch in einer 16-köpfigen Radlergruppe zu befriedigen, sollte man sich der folgenden Strategie bedienen:

Angenommen, du bist mit deiner Gruppe so ca. 20 Kilometer gefahren – natürlich wie immer bei Gegenwind. Der Zeitplan sieht den nächsten „coffee-stop“ jedoch erst nach weiteren 15 oder 65 Kilometern vor. Du würdest aber gerne mal absteigen, dir die Beine vertreten, ein wenig rumgucken, eine Zigarette rauchen usw. usw. – Dann gehst du am besten so vor:

Du rufst plötzlich: „Moment! – An meinem Rad schleift etwas! – Ich muss mal eben kurz anhalten.“

Ein großer Teil zumindest der unmittelbar vor und hinter dir fahrenden Kolleginnen und Kollegen wird stoppen und mitfühlend schauen, wie du – alibihaft – an deinem Rad herumfummelst. Diese Gelegenheit wird Anne sofort wahrnehmen, um aus ihrer Lenkertasche den Fotoapparat herauszunehmen und ein bis zwei 36er-Filme zu verknipsen. Inzwischen hat garantiert der Rest der Gruppe angehalten. Die Zwangspause wird von Gertrud und Ella genutzt, Jacke und/oder Pullover an- oder auszuziehen. Eine Aktion, die ca. die Hälfte der Mannschaft dazu verleitet, über ihren jetzigen Bekleidungszustand nicht nur nachzudenken, sondern selbigen ebenfalls zu verändern. Inzwischen – der eigentliche Grund für den „Halt" ist allgemein vergessen – kannst du absteigen und zunächst mal in aller Ruhe eine Zigarette drehen. Denn derweil haben Lina und Barbara erkannt, dass es sich zeitlich durchaus zu lohnen scheint, einen kleinen Imbiss einzunehmen, um den Kalorienhaushalt wieder auf Beststand zu bringen, haben in ihren Taschen gekramt und beißen in ihre Äpfel. Während sich Herbert, Jürgen und Lothar um die Optimierung von Reifendruck, Sitzhöhe und anderer Kleinigkeiten an diversen Rädern kümmern und Gertrud und Ella erneut ihre Oberbekleidung wechseln, sucht Heinz-Werner aus dringenden Gründen ein nahegelegenes Gebüsch auf, was große Teile der Gruppe dazu veranlasst, ihrerseits die nähere Umgebung der Haltestelle zu besichtigen, gymnastische Lockerungsübungen zu machen, Pflanzen zu bestimmen usw. usw.

Tendenziell zerstreut sich nun die Gruppe, was dir die Gelegenheit gibt, dich ganz gemütlich unter einen Baum zu setzen, ein gutes Buch zu lesen oder auch einfach nur zu beobachten, wie Gertrud und Ella sich erneut umziehen, Anne einen frischen Film einlegt, Wolfgang, Ulrike und Heidi anhand des ausgebreiteten Kartenmaterials über hinter- und vor uns liegende Streckenabschnitte philosophieren, Gertrud – warum auch immer – ihr gesamtes Gepäck abschnallt und Bettina ihre Reise-Eindrücke in einem umständlich herausgekramten Tagebuch festhält, was von Anne natürlich alles in langen Serien fotografisch festgehalten wird. Doris und Luzia liegen oder sitzen inzwischen auf der Wiese, Gertrud und Ella planen gleiches, müssen nur noch eben ihre Kleidung diesem Plan anpassen. Viele andere haben Verpflegung und Getränke zur Hand, anregende Gespräche entwickeln sich, frohe Lieder werden angestimmt, kurzum: Es ist eine wirklich schöne Pause.

Perfider Zusatztipp 1 für den fortgeschrittenen Pausen-Provokateur: Man eröffnet die Inszenierung nicht mit dem Ausspruch „Moment! – An meinem Rad schleift irgendwas! – Ich muss mal eben kurz anhalten", sondern murmelt im Vorüberfahren zu einer Gruppe Mitfahrer: „Bei irgendwem schleift doch was…!!!"

Zusatztipp 2 für den wirklich hartgesottenen Fahrplan-Saboteur: Man inszeniert die Pause nicht auf freiem Feld, sondern in einem Ort möglichst in Sichtweite eines Kaufladens, der im Idealfall auch Ansichtskarten im Angebot hat.
Hier lässt sich leicht eine Pause von bis zu 90 Minuten Länge herausschlagen, da mindestens die Hälfte der Gruppenmitglieder den vermeintlichen Pannenstopp in Phase 3 – also nachdem sich Gertrud und Ella mehrmals umgezogen haben, nachdem alle ausgiebig gespeist haben und nachdem Anne aus dokumentarischen Gründen mehrere Filme mit Porträt- und Landschaftsaufnahmen verknipst hat – dazu nutzen, Ansichtskarten für alle Verwandten und alle Freunde zu kaufen, diese zunächst eingehend miteinander zu vergleichen und anschließend zu beschreiben, was dann wiederum aufwendige Recherchen und Kundschaftergänge nach Postamt und Briefkasten sowie für Annelie die Notwendigkeit, neue Filme a) zu kaufen, b) einzulegen und c) zu verschießen nach sich zieht. Bei der Suche nach Postamt und Briefkasten werden von den Kundschaftern erfahrungsgemäß andere, nämlich bessere und interessantere Geschäfte mit ganz anderen, nämlich besseren und interessanteren Ansichtskarten gesichtet. Ebenso kommen diese Erkundungsgruppen in der Regel mit Meldungen über tolle Entdeckungen architektonischer, biologischer, geologischer oder allgemein landeskundlicher Art zurück, die von den am Standort Zurückgebliebenen natürlich unbedingt auch besichtigt und fotografiert werden müssen.

Geheim-Zusatz-Tipp 3:
Bist du besonders pausenbedürftig und dem Zeitplan gegenüber skrupellos genug, kannst du während einer Pause – am besten, wenn deren baldige Beendigung droht – durch die Bemerkung „Ich glaube, gleich könnte es Regen geben“ in hinreichend sensibilisierten Gruppen – eventuell sogar nur durch einen besorgten Himmelsblick in Westrichtung – so viel operative Unruhe säen, dass circa die Hälfte der Mitfahrenden umständlich die Regenbekleidung in diversen Packtaschen sucht, findet und anlegt, was – wenn die genannten 50 % der Gruppe regenfest verpackt sind – auch die anderen 50 % dazu veranlasst, ebenfalls – aber eben erst jetzt – mit Kleidersuche und -wechsel zu beginnen.

Dein Ausspruch „Ich glaube, es scheint doch keinen Regen zu geben. Dahinten wird’s schon wieder heller“, den alle hören, zwei Drittel zumindest überdenken und ein Drittel so ernst nimmt, dass mit erneuten Re-Umziehaktionen begonnen wird, denen sich wiederum die anderen nach und nach anschließen, kann die Sache auf die Spitze, die Gruppe an den Rand des Wahnsinns, die Pause ins schier Unermessliche treiben und letztendlich eine Fortführung der Reise unmöglich machen.
Insofern ist von dieser verschärften Variante unbedingt abzuraten.

Unsere Zwangspause in Rheinberg dauerte drei Stunden und zwanzig Minuten.

Schon kurz hinter Duisburg-Baerl hatte Herbert verlauten lassen, an seinem Rad würde irgendetwas schleifen.
Der alte Trick!
Es schleifte aber wirklich etwas.

„Schleifen“ ist dabei noch ziemlich untertrieben. Herberts Fahrgeräusch hatte etwas Lokomotivenhaftes, ächzend, quietschend – bei jeder Umdrehung. Kurzer Stopp zwischen hohem Farn im Baerler Busch zur Schadensüberprüfung. Diesen nutze ich nicht wie oben beschrieben aus; denn Pausen hatte es an diesem Vormittag bereits zur Genüge gegeben und der vorgegebene Zeitplan war einigermaßen gefährdet.

Ursache für den überaus kranken Sound an Herberts Rad, so die ernüchternde Expertendiagnose am alten Pulverturm von Rheinberg – hier war ein offizieller 10-Minuten-Halt ohnehin vorgesehen und bis hierhin hatte sich das bemitleidenswerte Vehikel unter seines Fahrers nicht unerheblicher Last mit Mühe und progressiv unangenehmer werdender Geräuschentwicklung geschleppt – Diagnose am Pulverturm also: Speichenbruch.

Ich hatte bis dahin angenommen, eine gebrochene oder wackelige Speiche könne doch so schlimm nicht sein, man hat doch schließlich so viele davon. Aber Lothar, Fachkenner von hohen Graden und Verfasser mehrerer Pixy-Bücher zu diesem Thema, belehrte mich eines Besseren: Nur eine einzige gebrochene oder auch nur angebrochene Speiche führt zu einem unrunden Lauf des Rades. Die ungleichmäßige Belastung veranlasst die dann überlasteten Nachbarspeichen, Geist und Funktion ebenfalls aufzugeben. Alles wird schlimmer und schlimmer und schlimmer. Das Ende ist Zusammenbruch, Chaos, Katastrophe.

Mangels passender Ersatzspeiche konnte der Schaden nicht vor Ort behoben werden. Lothar brauchte nicht seine goldenen Hände in die Chirurgenhandschuhe zu stecken. Herberts Rad musste zur Werkstatt.

Ein stundenlanger Aufenthalt in Rheinberg.

Es ist Samstag. Das Städtchen feiert: 1000 Jahre Stadtrechte oder 333 Jahre Underberg oder Murmeltiertag oder einfach nur Sommeranfang.

Es ist herrlich.
Eine Dixieband spielt passenderweise *On the Sunny Side of the Street.*
Ich lasse mir im Schatten einer Kastanie zum ersten Mal seit Monaten ein frisch gezapftes Pils schmecken. Eigentlich ist in dieser Gegend

Altbier angesagt, aber am Bierstand gibt es auch für den Pilstrinker freundliche Worte und flotte Sprüche.
Überhaupt haben die Rheinberger beste Laune.
Der niederrheinische Himmel ist blau-weiß getupft. Die bunten Häuser blitzblank sauber, mit Blumen und Fähnchen geschmückt. Die Lindenbäume liegen im Duftwettbewerb knapp in Führung, gefolgt von Waffeln und Reibekuchen.

Der sanfte Sommerwind trägt überraschende Tonfolgen durch die kleinen Straßen und lockt mich zu einer zweiten Bühne auf dem sonnenüberfluteten Hauptplatz.

Unglaubliches ist zu hören und zu sehen und lässt eigentlich nur zwei Schlüsse zu: Entweder war das zweite Pils dann doch zu viel oder aber: Hendrix lebt!
„Hey, Joe“, schallt es von der Bühne.
Und das in Rheinberg.
„Hey, Joe“!
Am hellen Samstagnachmittag.
Auf einer von Frankenheim Alt gesponserten Bühne.
In R h e i n b e r g.

Der Junge ist genial, sieht aus wie Hendrix, ist gekleidet wie Hendrix, spielt fast wie Hendrix, singt dazu in etwa so wie Hendrix.
Bei *Purple Haze* schlendere ich weiter.

Was wäre eigentlich, wenn Jimi Hendrix wirklich heute noch leben und wirken würde? Wie sähe unser Alltag, wie sähe unser kulturelles Leben aus? Vermutlich säße man den ganzen Tag und die halbe Nacht vor dem CD-Player. Es gäbe nur – wie früher auch – drei Fernsehprogramme. Der gesamte Hip-Hop-Quatsch und der sonstwie benannte Musikmüll der 80er/90er-Jahre wäre uns erspart geblieben. Ich hätte nicht 16 lächerliche Kazoos im Gepäck, sondern – wie alle anderen meiner Mitfahrer auch – eine amtliche E-Gitarre auf dem Rücken und einen

kleinen batteriebetriebenen Verstärker auf dem Gepäckträger – serienmäßig eingebaut. Bei sportlichen Großereignissen würden weltweit US-Sieger mit der Hendrix-Woodstock-Version der amerikanischen Nationalhymne geehrt.
– Naja, das Letztere vielleicht nicht.

Oder, nur mal angenommen, James Dean lebte noch. Wahrscheinlich ginge man wie selbstverständlich jeden Tag in eines der vielen Kinos. Ein Fernsehsender für Nachrichten, möglicherweise ein zweiter für die Wiederholung alter Dean-Filme eventuell im Wechsel mit Übertragungen der europäischen Fußball-Championsleague-Spiele wäre absolut ausreichend. Theater- und Kleinkunstbühnen stünden vor dem Ruin.

Oder – man stelle sich vor, nur mal so – beide wären noch am Start.
Jimi Hendrix und James Dean!
Unsere Welt wäre eine andere.
Mit dem Walkman ins Kino…

Noch einen Rheinberger Cappuccino wieder in Sicht- und Hörweite der Dixie-Musik. Im Schatten eines bunten Sonnenschirms löffeln Heidi und Doris synchron aus gewaltigen Eisbechern.

„Warum bleiben wir eigentlich nicht in Rheinberg?“
Wo könnte der Sommer schöner sein?

Ich hatte darauf gehofft und ich hätte darauf gewettet, dass sie es spielen – und dann spielt die Band es tatsächlich:

„Summertime,
and
the livin‘ is
easy“.

Kevelaer

Am alten Pulverturm treffen wir uns alle wieder. Herberts Rad ist professionell repariert und – zumindest was die Speichen angeht – bereit für die restlichen 700 Kilometer.

Während meine Mitfahrer den Start durch umfangreiche Umpackaktionen sowie den intensiven Vergleich der erworbenen Ansichtskarten verzögern, studiere ich Reiseführer und Karte.

Ein Blick in den Reiseführer – interessant:
Vor gar nicht allzu langer Zeit lag Rheinberg unmittelbar am Rhein. Kriegerische Auseinandersetzungen bzw. politische Rivalitäten bewogen irgendwelche anderen Mächte, die mit den Rheinbergern Streit hatten, dazu, sich die Mühe zu machen, den Rhein umzuleiten. Schon lag Rheinberg nicht mehr am Rhein, sondern nur noch am sogenannten Moersbach, der aber nur unzureichend Ersatz für den bisher die Stadt umspülenden vertrauten und namensgebenden Fluss darstellte.
„So, das habt ihr nun davon! – Ätsch! Keinen Hafen mehr, keine Zölle, keine Uferpromenade, kein Fährcafé – nichts!"

Ein Blick in die Karte – beunruhigend:
Der sich nun anschließende Streckenabschnitt verläuft auf einem amtlichen, vom Touristikverein empfohlenen Radwanderweg namens „Alpen-Tour". Mein besorgter Blick in Fahrtrichtung Westen zeigt jedoch keinerlei nennenswerte Höhenzüge. Möglicherweise ist die Namensgebung ebenfalls historisch zu verstehen. Vielleicht befanden sich die Alpen bis zum sechzehnten oder siebzehnten Jahrhundert ganz hier in der Nähe und wurden – analog zur Verlegung des Rheins – als politischer Racheakt oder zur Disziplinierung der Fürsten von Rheinberg einfach abgeräumt.
„Sooo, jetzt habt ihr auch keine Alpen mehr! Die Einnahmen von Sommerfrischlern und Wintersportlern könnt ihr vergessen! Schluss – Aus – Feierabend! Selber schuld!"

Zuzutrauen wäre das diesen miesen Rheinberg-Gegnern sicher gewesen. Wer so gemein ist, Flüsse umzuleiten, der scheut auch nicht davor zurück, Berge zu versetzen und sonstwie die Umwelt zu verschandeln.

Die Rheinberger haben sich jedenfalls bestens den veränderten Rahmenbedingungen angepasst, sich mit Argumenten wie „Das blöde Matterhorn warf sowieso viel zu viel Schatten“ und „Die Passstraße nach Kamp-Lintfort war eh das halbe Jahr verschneit und unpassierbar“ getröstet. Sie haben sich von Alpintourismus, Weidewirtschaft und Käseproduktion verabschiedet und sich auf die Herstellung eines eklig schmeckenden, aber gewinnbringenden Magenbitters namens Underberg sowie den weitflächigen Anbau von Kohl und Mais verlegt. Die Felder beginnen gleich hinter den letzten Häusern.

Verwehte Musikfetzen und Reibekuchen-Waffel-Bratwurst-Gerüche trägt der laue Wind herüber, als wir Rheinberg den Rücken kehren und auf dem „Alpen-Tour-Weg“ in Richtung Westen bummeln. Schon nach wenigen Kilometern hat sich unsere Vierzehner-Gruppe weit auseinandergezogen. Mit Bettina fahre ich vorne.

Wir unterqueren die Bundesautobahn, auf der sich die Rheinberger schmollend auf den nun recht lang gewordenen Anfahrtsweg zu den Alpen machen, geben einem Mann mit Baseball-Kappe mit der Aufschrift „Chicago Bulls“, der mit seinem Traktor den Weg versperrt und die Luft verpestet, bereitwillig Auskunft über das Ziel unserer Reise, passieren einen würzig riechenden Schweinemastbetrieb, treffen einen weiteren Bauern mit der Kappenaufschrift „Minnesota Vikings“, der uns „Mahlzeit“ zuruft und stehen kurz hinter dem Gasthof „Waldesruh“ vor dem namensgebenden dichten Forst, einer Weggabelung und der ewig offenen Frage: „Rechts oder links?“

Bis alle beisammen sind, habe ich Gelegenheit, wieder in die Karte zu blicken.

Das vor uns liegende Waldgebiet heißt *Die Leucht.* Lebhaft verlaufende und recht nah beieinander liegende Höhenlinien versprechen einen für Niederrhein-Verhältnisse doch eher unerwarteten Anstieg. Wahrscheinlich die vom Feind kulanterweise stehengelassenen Voralpen oder eine Endmoräne oder so etwas.
Unser weiterer Weg wird im rechten Winkel von zwei Wanderwegen gekreuzt, die auf der Karte mit Namen benannt werden. Zuerst kommt der „Leichenweg“, etwas weiter hinter dem sogenannten „Saueren Venn“ der „Bierweg“.
Welche Geschichte mag sich wohl dahinter verbergen? Einiges spricht dafür, sich bei der Erforschung dieser Namensgebung gedanklich zunächst einmal in Wanderer aus der Gegenrichtung zu versetzen.

Der Anstieg auf warmem Waldweg ist wirklich heftig.
„Das ist der letzte Berg vor dem Meer“, macht Wolfgang Mut.
Ulrike zieht gleichmäßig tretend und sehr gleichmäßig atmend langsam und gleichmäßig an mir vorbei.
Lothar, Gertrud, Herbert und Jürgen ebenfalls. Luzia erfragt beim Überholen detailliert den Kilometerstand – seit Rheinberg, seit heute morgen, seit Barmen, seit Beginn der Zeiten.
Ich keuche ihr, ohne auf den Tacho zu blicken, drei Phantasiezahlen zu, erwäge kurzfristig, mir endlich das Rauchen abzugewöhnen und schalte besorgt noch einen weiteren Gang hoch, als wir den „Leichenweg“ kreuzen.

Entspannend ist die lange sanfte Abfahrt hinunter nach Issum. Vom Namen her würde der Ort gut in *Asterix*-Geschichten passen. Ansonsten finde ich ihn uninteressant. Zentrales Gebäude ist die voluminöse Brauerei, für deren Besichtigung uns keine Zeit bleibt. Für einige Gedenkminuten stehen wir vor der Bierfabrik und kommen mit schwer trunkenen Menschen ins Gespräch. Meine Vorüberlegungen bezüglich der Namensgebung von „Bierweg“, „Sauerem Venn“ und „Leichenweg“ bekommen erste Konturen.

Ich habe mehr und mehr Spaß daran, die Karte auf interessante Ortsbezeichnungen hin zu studieren. Fast verpasse ich die allgemeine Abfahrt aus Issum, als ich entdecke, dass am „Klosshof“, den wir in einigen Kilometern erreichen werden, ein Radrundweg namens „Bauch- und Abspecktour“ beginnt, der später dann in die „Herrensitz-Route“ mündet. Auch den am Weg liegenden „Krückenhof“ finde ich nicht uninteressant.

Der Rest der Strecke ist flach-flach-flach.
Auf den fast verkehrsfreien glatten Asphaltwegen rauschen wir mit Zwanziger-Schnitt dem Tagesziel entgegen. Auffallend viele Golfplätze, noch mehr Reiterhöfe, keinerlei Trinkhallen.
Feststellung: je weniger Trinkhallen/Biergärten/Kneipen pro laufendem Kilometer, desto größer das Durstempfinden.
Umgekehrt reziprok!
Das erste Lutzsche Gesetz.
Entdeckt zwischen Issum und Weiß-ich-wo.

Dann ein historisches Gemäuer alt-flämischer Architektur, aus dem munteres Geplauder und Musik dringt: Schloss Haag mit vielen BMW-, Daimler- und ähnlichen Karossen davor und einem Fest für Golfspieler, Reitpferdbesitzer und Brauerei-Anteilseigner im Schlosshof. Dieses Sommerfest kommt mir äußerst gelegen. Meine Wasserflaschen sind leer, der Durst ist noch stärker geworden. Aber um zum Festplatz und an den Getränkestand im Hof zu kommen, bedarf es der Zahlung eines deftigen Eintrittsgeldes.
Also durstig weiter.

Die Schatten werden länger.
Von Weitem schon sind die Türme von Kevelaer zu sehen und das Sieben-Uhr-Läuten zu hören.

Die riesigen Bäume rings um die Wallfahrtskirche wachsen so dicht, dass es auf dem Kirchplatz schon fast dunkel ist. Neben dem Kirchturm steht ein Heißluftballon in Regenbogenfarben fast unbeweglich am Himmel und wird von aufgeregten Schwalben umkreist.
Hunderte Kerzen brennen.
Leichter Weihrauchgeruch.
Die Samstagabendstille des Wallfahrtortes wird selbst von dicht besetzten Terrassencafés nicht gestört.
Leise stellen wir die Räder ab.

Und ganz, ganz leise – nur so zwischen den Zähnen – pfeife ich einen Takt von *Just a Little Bit of Peace in my Heart* vor mich hin.

Leuth

Als wir am Sonntagmorgen in Kevelaer starten, läuten sämtliche Glocken von St. Antonius, der Wallfahrtskirche, und allen anderen Kirchen gleichzeitig. Vermutlich muss ein international bekannter und amtlich anerkannter Wallfahrtsort für ein nahezu permanentes Glockenläuten Sorge tragen.

Fairerweise sei gesagt: Das Läuten von Kevelaer klingt gut. Wir hören es noch, als wir schon weit draußen das Ufer der Niers erreicht haben, die durch die friedliche Parklandschaft mäandert. Die Gegend ist so, wie ich mir Tolkiens „Auenland“ vorstelle. Ich spähe nach Gandalf und den Hobbits, sehe aber nur eine Menge Sonntagsausflügler in Kanus, auf Flößen, auf Fahrrädern oder zu Fuß. Vor der Ortschaft Vossheide Hufschlag. Zwei Reiter auf schwarzen Pferden.
Also doch?

Es ist windstill, der Himmel gleichmäßig grau, dazu schwere Luft, was alles zusammen genommen wettermäßig nichts Gutes verheißt.

Die Ortsnamen geben auch nach ausführlichem Kartenstudium im Rahmen einer längeren Reparaturpause heute nichts Bemerkens- oder Nachdenkenswertes her.
Was soll einem beispielsweise zu Goch einfallen?
Oder zu Kessel? – Fehlanzeige.

Hinter Kessel führt der Radweg kilometerlang an einer schnurgeraden Schnellstraße entlang durch den Reichswald. Zunächst leicht, aber quälend lang ansteigend, dann auf glattem Asphaltradweg bergab.
Tempo 45!

In Kranenburg ist Sommerfest!
Reißt jetzt die dichte Wolkendecke auf?
Kommt die Sonne raus?
Wo ist die Bühne? Wo ist Jimi Hendrix?

Hoffnungsvolle Fragen, ernüchternde Antworten. Keine Musik, kein freier Platz mit Stühlen und Tischen, unter die man die Beine strecken könnte. Stattdessen stecken wir mit den gepäcküberladenen Rädern in einer sich dicht drängenden Menschenmasse auf einem kilometerlangen Verkaufsboulevard. Die brutale Antwort des Niederrheins auf „Barmen live".

Wahrscheinlich situationsbedingt – denn des Öfteren donnere ich meinen Vorderreifen einem Festbesucher in die Hacken, einige Male bleibe ich mit den ausladenden Packtaschen an Kranenburgern und Kranenburgerinnen hängen, Eishörnchen und Popcorntüten in Kinderhand werden mehrfach durch meine überdimensionierte Lenkerkonstruktion bedroht – sind die Kranenburger im Durchschnitt merklich unfreundlicher als beispielsweise die Rheinberger. Die häufig und oft in diesem Ton gestellte Frage „Wo wollt i h r denn hin?" – meist knapp, aber treffend mit „England" beantwortet – eröffnet keine weiteren Gespräche.

Als wir uns nach einer Stunde endlich alle durchgekämpft haben, fallen die ersten Tropfen. Der Regen wird stärker und immer stärker bei der Fahrt zum letzten Dorf in Deutschland. Es heißt Niel, liegt aber ganz in der Nähe des Rheins. Lohnende Aufgabe späterer Expeditionen sollte die Klärung der Frage sein, ob es in Ägypten, im Sudan oder in Äthiopien eine Ansiedlung gibt, die den Namen „Rein" trägt. Gäbe es tatsächlich so etwas, könnte man eine Städtepartnerschaft begründen. „Niel am Rhein grüßt Rein am Nil".

Hinter Niel erreichen wir bald die Wegekreuzung, an der die *Green-Route*-Expeditionen ihren obligatorischen Fotostopp machen. Unter dem Straßenschild „Grüner Weg" stehen wir im strömenden Regen. Der Selbstauslöser ermöglicht beim dritten Versuch, dass wir alle auf das Bild kommen.

Wir sind nun 16. Seit gestern Abend ist das Team mit Barbara und Heinz-Werner komplett. Beim gemeinsamen Essen im *Goldenen Apfel*

saß mir Barbara gegenüber und hatte, wenn sie mich ansah, genau diesen spöttischen Blick drauf wie schon in Wuppertal.
Aber nur zu mir.

Als wir um Mitternacht noch irgendwo draußen einen Drink nahmen, der gleiche Blick. Vielleicht kennt sie mich von irgendwoher. Vielleicht aus einer Zeit, die ich vergessen habe und in der ich Dinge tat, die mir ihren nachhaltigen Spott zugezogen haben.

Der *Grüne Weg* führt hinter einer kleinen Brücke – hier verläuft laut Karte die „grüne Grenze" zwischen der Bundesrepublik Deutschland und dem Königreich der Niederlande – in ein grünes Waldstück.

Der Waldweg ist durch den heftigen Regen, der seit einer Stunde fällt, bereits aufgematscht und endet auf einer nassen typischen Klinkerstraße. Der Beweis: Wir sind in Holland.

Das Dorf heißt Leuth. Bauernhäuser, ein Scheunentor mit einer acht-mal-acht-Meter großen aufgemalten Kuh, zweigeschossige Reihenhäuser, ein grünes Telefonhäuschen, weiterhin eine verwaiste Tankstelle, eine geschlossene Wirtschaft mit Oranjeboom-Bier-Schild, ein geschlossenes Tabakgeschäft mit Caballero-Reklame und einer rot-weiß-blauen Fahne, einer leider ebenfalls geschlossene Pommesbude.

Wäre sie geöffnet gewesen, hätte ich eine Pause arrangiert. Zu Holland gehören einfach Pommes dazu. Am Auftakt einer Hollandreise sollte unbedingt eine Tüte Pommes stehen. Hier schmecken sie auch anders. Hier schmecken sie richtig. Die einzige Bude außerhalb von Holland, wo Pommes mit Majo so schmecken, wie sie in Holland schmecken und wie sie schmecken sollen, ist im Übrigen der *Exquisit-Grill* in der Elberfelder Friedrich-Ebert-Straße, auch wenn nach der unseligen *Exquisit-Grill*-Verpackungsreform Mitte der 90er Jahre die Pommes beklagenswerter Weise dort nicht mehr in Tüten, sondern in Schalen serviert werden.

Bernd überzeugte mich vor einigen Wochen mit der Geschichte, dass er und seine Kumpel früher gelegentlich ganz spontan zum Pommes-Essen nach Nijmegen fuhren. Nur für Pommes! Setzten sich in Elberfeld in ihren Käfer oder 2CV, einhundertzehn Kilometer bis Nijmegen.
„Viermal Patat met Majo, alstublieft."
„Danke, hm, lecker!" –
Wieder 110 Kilometer nach Hause in die Elberfelder Südstadt.
„Och schade, ich könnte jetzt noch 'ne Tüte vertragen."

Es nieselt sanft. Kein Mensch lässt sich auf den Straßen von Leuth sehen. Ausnahme: „Alte Dame Fahrrad fahrend mit aufgespanntem Regenschirm und Hund an der Leine" – ein hübsches Arrangement.

Ruhe im Dorf.
Bis auf den Klang einer Orgel.
Aus einem geöffneten Fenster wabert *A Whiter Shade of Pale* durch die Gelderland-Sonntags-Stille.

Das ist der letzte Beweis. Wir sind in Holland!
Denn: In Holland läuft i m m e r *A Whiter Shade of Pale*.

Es vergeht wohl keine Stunde, in der nicht *A Whiter Shade of Pale* aus dem Radio, aus den Supermarktboxen, aus Kneipen-, Café- und Imbissbuden-Musikanlagen, aus Hotelrezeptions-Lautsprechern – leicht gedämpft – aus unsichtbar installierten Tonquellen in Toilettenanlagen, eigentlich all-überall ertönt. Wobei ich mit *A Whiter Shade of Pale* auch *Bridge over Troubled Water*, *Sounds of Silence*, *Mr. Tambourine Man* und *Let It Be* meine.
In den sechziger Jahren sendeten holländische Stationen – damals zum Teil noch illegale Piratensender – zu meiner Freude die damals angesagten Songs rund um die Uhr.

Erfreulich zu wissen, dass die Musikredakteure offensichtlich jetzt, mehr als dreißig Jahre später, immer noch die gleichen sind und in hartnäckiger Treue bei dieser Musik verharren. Oder es sind deren Söhne,

und die Papis haben ihnen eingeschärft: „Wenn du nun unbedingt diesen Beruf ergreifen willst, bitteschön – du hast meinen Segen. Aber wehe, du unterstehst dich und lässt auch nur einmal DJ Bobo oder sowas laufen!“
Und die Jungs, die damals wie ich *Radio Veronic*a und *Radio Nordzee* hörten und die Songs auf Band aufnahmen, haben den „Marsch durch die Institutionen“ durchaus erfolgreich absolviert. Sie managen jetzt Supermärkte, besitzen Kneipen, Cafés und Pommesbuden, haben verantwortungsvolle Positionen mit Einflussmöglichkeiten auf die musikalische Berieselung von Hotelhallen, Tankstellen, Toilettenanlagen usw. usw.

Ein beruhigendes Element in dieser sonst so schnelllebigen und alles von heute auf morgen auf den Kopf stellenden Zeit.

Meine *A Whiter Shade of Pale*-Geschichte fällt mir ein:

> Mitte der Sechziger. Ich sitze mit good-old-Manni im sogenannten „Recreatiecentrum“ eines friesischen Segelortes. Im Winter bietet die riesige Halle hunderten aufgebockten Segelbooten Schutz. Jetzt im Sommer wird mittels eines großen Tresens und einiger Tische und Bänke sowie schummeriger Beleuchtung Kneipenatmosphäre hergestellt.
> Dazu – etwas abseits gleich bei der Toilettentür – neben Billardtischen und Tischtennisplatten eine Musikbox.
> Wir sitzen schon tage- und nächtelang hier, haben nach einem unmittelbar nach Schulende und Zeugnisausgabe gestarteten 7-Tage-7-Nächte-Non-Stop-Skat-Turnier, in dessen Verlauf wir einige Kisten Bier und ungezählte Flaschen Malaga weggeputzt hatten, irgendwie den Einstieg in den Frischluft-Sport Segeln nicht gepackt.
> Wir verpassen Einführungskurse, Knotenlektionen und die ersten, leichteren Törns auf Langweerder Wielen und Sneeker Meer. Wir sitzen einfach da, sind erschöpft, sehen aus nur halb geöff-

neten Augen den friesischen Jungs beim Billardspielen und den friesischen Mädchen, die sich alle irgendwie ähnlich sehen, beim Rumstehen zu.

Wir formulieren grandiose Entwürfe zur wenn-schon-denn-schon-dann-aber-grundlegenden Veränderung der Gesellschaft oder zumindest zur Abschaffung der Abseitsregel und trinken dazu kleine Heineken-Pils zum Theken-Abhol-Preis von 50 Cent nach folgender Spielregel:
Jeder tippt auf einen Song. Wessen Lied zuerst von der Musikbox gespielt wird, gewinnt. Der Verlierer hat einen Gulden zu zahlen, geht zum Tresen, holt zwei kleine Heineken-Pils und nimmt den unterbrochenen Gesprächsfaden wieder auf. Der Gewinner freut sich und darf bei der nächsten Runde vorlegen.

Ich tippe rein intuitiv, mal Scott Mc.Kenzie, mal Jefferson Airplane, weil ich die Sängerin Grace Slick so toll finde, und glaube, es ihr schuldig zu sein, auf sie zu setzen. Dann mal Lovin Spoonful. Ich tippe einfach, wonach mir gerade so ist.

Manni setzt konsequent „Bank" auf *A Whiter Shade of Pale.*

So ein Abonnement-Tipp ist im übrigen ziemlich vorteilhaft, weil sich der Spieler – gerade im fortgeschrittenen Spielstadium – wesentlich besser und sicherer als der „Wechseltipper" an seine aktuelle Vorhersage erinnern kann.

Wie auch immer: Von zehn Spielrunden verliere ich durchschnittlich acht bis neun, bin aber zu müde, um mich zu wundern.

Am Abend des dritten Tages erwische ich durch einen Zufall meinen falschen Freund, wie er bei einem seiner recht häufigen Gänge zum Klo die Musikbox mit einem 10-Cent-Stück füttert und C4, *A Whiter Shade of Pale,* drückt.

Mache er schon seit Tagen so, sagt er, grinst sein diabolischstes Grinsen und lässt jegliches Unrechtsbewusstsein vermissen.

Die Geschichte fällt mir immer ein, wenn ich diesen Song höre. Heute bringt sie mich zum Lachen. Damals war ich ziemlich sauer, ging ohne Gruß und machte mich mit einem mittelschweren Rausch auf den drei Kilometer langen Weg zum Camp des CVJM Sonnborn in Langweer.
Auf halbem Weg stand eine Kiste mit Streugut für den friesischen Winter. Da ich dachte, dass es Zeit sei für eine kleine Pause, setzte ich mich auf die Kiste, rauchte eine Caballero ohne Filter, blickte zum ersten Mal in den friesischen Nachthimmel und sah unglaublich viele Sterne.
Vom Recreatiecentrum trug der Wind Fetzen von *A Whiter Shade of Pale* herüber. Offensichtlich hatte Manni einen neuen Spielpartner gefunden. Oder – was wahrscheinlicher ist – meinen Abgang nicht realisiert.

Irgendwann kam – war es ein Zufall? – Tamara vorbei und schien überhaupt nicht verwundert zu sein, mich himmelblickend auf einer friesischen Streugutkiste sitzen zu sehen. Sie setzte sich neben mich und ich bat sie, mir ein Schaf zu malen. Dann zeigte ,ich ihr das Kreuz des Nordens und wusste auch alle anderen Sternbilder mit deutscher und friesischer Nomenklatur zu benennen. Und sie hatte einige prächtige Argumente für mich, ab morgen mit auf ihrem Boot zu segeln.

Hinter Leuth schwingt sich der Weg zum Deich hinauf. Der Regen ist wieder stärker geworden, kommt jetzt in fast parallelen Streifen sehr ergiebig von schräg vorne, Windstärke 6, West-Nord-West.
Ich nehme Ella in den Windschatten. Wir sind stark, finden gleichen Tritt und machen gute Fahrt.

Bei Ooij – welch ein hübscher Ortsname, wie er wohl entstanden ist? – liegt gleich hinter dem Deich *Oortjeshekken*, ein kleines, sehr schönes, typisch-holländisches Café. Hier machen wir Rast.
Ich erwäge, Ella eine kleine Wette vorzuschlagen, welches Lied bei unserem Eintreten im Café laufen wird. Sagen wir mal, um einen heißen Tee. Ich vergesse es aber im allgemeinen Räderabschließen, Gepäcksichern, usw.
Das Café ist warm und gemütlich und voll mit Leuten, die Zuflucht vor dem Regen gefunden haben. Alle reden gleichzeitig und übertönen fast die Musikanlage. Nur mit Mühe erkenne ich *Sounds of Silence.*
Ich hätte die Wette verloren.

Dodewaard

Als wir das Café verlassen, hat der Regen an Stärke zugenommen. Dazu der stürmische Gegenwind. Es ist ungefähr so, wie wenn man sich mit dem Heimtrainer unter die Dusche setzt, nicht aber ohne vorher durch das Öffnen aller Türen und Fenster für ordentlichen Durchzug gesorgt zu haben.

Fünf Kilometer weiter und eine Stunde später stehen wir triefend in Nijmegen, wie ich vermute vor dem Fahrradmuseum. Ich sehe so gut wie nichts. Meine Brille ist nass und beschlagen.
Irgendwer fragt mich, wie viele Kilometer wir heute denn eigentlich schon gefahren seien. Vermutlich Luzia.
Auf den geplanten Museumsbesuch verzichten wir; denn es ist schon weit nach Mittag. Lediglich eine Runde durch die alte Stadt, über den Markt und die nasse und verlassene Einkaufsstraße.

Über die große Brücke auf die andere Seite des Rheins, der jetzt Waal heißt. Es ist auch nicht mehr die östliche Flussseite, sondern nun die nördliche, denn der Strom hat den entscheidenden Knick gemacht, der ihn direkt zur Nordsee führt.
Heftiger Seitenwind und Spritzwasser.
Ohrenbetäubender Lärm auf dem schmalen Brückenradweg, neben dem die Autos von Nijmegen nach Arnhem rasen.

Der nördliche, sozusagen rechtswaalige Stadtteil Nijmegens ist eigentlich ein kleines Dorf und heißt Lent.
Nur Anlieger- und Wohnstraßen.
Das Kopfsteinpflaster ist glitschig.
Fast ist es still, nur das entfernte Rauschen von der Autobahnbrücke klingt nach. In einer Pfütze spielen zwei Fünfjährige, in der nächsten einige Spatzen.

Gleich hinter dem letzten Haus beginnt der Deich, der die weiten Kurven des Flusses in einigen hundert Metern Entfernung begleitet. Der Deich ist nicht hoch, etwa fünf oder sechs Meter. Ein flacher Neigungswinkel soll das Risiko verheerender Überschwemmungen mindern. Trotz des nur geringen Niveauunterschiedes bietet sich ein unglaublicher Ausblick auf das weite Land, das in hundert verschiedenen Grüntönen dampfend vor uns liegt.

Das ist der Blick, an den ich immer wieder dachte, den ich immer vor Augen hatte, seitdem diese Reise geplant war: Die Betuwe – das gelobte Land.

Plötzlich sind die tief dahin jagenden Regenwolken verweht.
Der Himmel ist bewölkt, aber hoch.
Im Westen kann man erste Konturen in den Wolken erahnen.
Noch regnet es, fein und gleichmäßig, aber der Wind lässt nach.

Die Lerchen steigen auf.
Ich starte durch, lege den schwersten Gang ein und trete mich mit ruhigem Rhythmus an die Spitze der Gruppe. Ich will der Erste sein, der hinter jeder Biegung den Blick auf immer neue Fernen wirft.
Kaum achte ich auf den schmalen Asphaltweg vor meinen Reifen, sehe am anderen Ufer die Kirchtürme von Beuningen, Winssen, Deest, Afferden, Druten, sehe zur Rechten die Anhöhe der Veluwe, sehe vor mir das größer werdende Wolkenloch und warte auf den ersten Sonnenstrahl von Westen, der das grau-silbrig schimmernde Flussband in feuriges Gold verwandeln wird.

> Oft fuhren wir mit dem Auto durch dieses Land zwischen den großen Flüssen. Alice trat das Gaspedal bis zum Anschlag, zweistimmig sangen wir *Happiness Is A Warm Gun* und *Lady d'Arbanville* und *The Times, They Are A-Changin'*. Ich steckte den Kopf aus dem Schiebedach und konnte mich nicht satt sehen am Breitwandpanorama mit den unübertrefflichen Wolkenbildern und den Sonnenstrahlbündeln zwischendrin.

Einmal sahen wir einen wunderschönen kompletten Regenbogen, der den Waal überspannte. Alice hielt an, nahm die Gitarre vom Rücksitz, lief in die Wiese, lehnte sich an einen Apfelbaum und ich durfte mir ein Lied wünschen.
Aber mir fehlten die Worte und mir fehlten die Wünsche.

Irgendwo hier war es.
An jedem Baum sehe ich sie stehen.
Ihr kastanienbraunes Haar weht im Wind.
Ich muss anhalten, absteigen, durchatmen – klare saubere Luft.
Ich bin alleine in der Betuwe.
Weit im Westen scheint die Sonne schon.
Der Regen ist zu Ende.
Absolute Stille. Nur – jetzt schon weit oben – Feldlerchen.
Und *Lady d'Arbanville* im Ohr.

Minuten oder Stunden später tauchen an der Biegung des Deiches drei bunte Punkte auf. Bettina, Luzia und Ella kommen langsam näher.
Von den anderen ist noch nichts zu sehen.
In der Spur der drei rolle ich die letzten paar Kilometer bis zum Pausenort Dodewaard.

Dodewaard besteht aus einer weitflächig angeordneten Ansammlung von Bauerngehöften hinter sowie dem *Café Engel* vor dem Deich.
Das Café rühmt sich mit der außen und innen vielfach ausgehängten, allerdings schwer zu verifizierenden Behauptung, das älteste Café der Niederlande zu sein. Weitere Versprechungen beziehen sich auf das umfangreiche Angebot an Pfannekuchen, die man hier mit 65 verschiedenen Belägen bekommen kann.
Immerhin. Das Café ist geöffnet, Gäste gibt es keine.
Wir ziehen uns bis auf die Unterwäsche aus und legen die nassen Klamotten auf die Heizung.

Ein heißer Tee.
Im Radio dudelt *Mr. Tambourineman*. Ich ärgere mich zum 1000. Mal darüber, wie die Byrds aus diesem Song ein „Tralala-Lied“ gemacht haben.
Ich wringe meine Socken aus und lege sie über die Heizung.
„Let me forget about today until tomorrow.”
Noch einen Tee.
Auf das Wohl von Bobby Dylan.
Wir legen die Füße hoch und werden langsam trocken.

Die zweite Gruppe nasser *Green-Route*-Fahrer kommt rein.

Mit Luzia teile ich einen Pfannekuchen mit Eis und heißen Früchten und Sahne. Dann drehe ich ihr und mir eine Van-Nelle-Zwaar. Wir rauchen, blicken auf den Fluss, der nun wirklich in der Spätnachmittagssonne glänzt und wir fühlen uns wohl. Sie fragt mich, wie viele Kilometer wir schon hinter uns haben und wie viele noch vor uns liegen.

Die letzte Gruppe trifft erschöpft ein, berichtet von dramatischen Pannen, legt die Kleidung zum Trocknen ab, bestellt Kaffee und Tee, studiert das Pfannkuchenangebot.

Die Stunden vergehen.
Die Gespräche werden leiser.
Ist das *Café Engel* die Endstation der Reise?
Warum denn nicht?

Noch einen Tee, noch eine Zigarette.

Mit Gertrud teile ich einen Pfannekuchen mit heißen Früchten und Sahne, ohne Vanilleeis.
Von Aufbruch und Weiterfahrt spricht niemand.

Gertrud erzählt mir mit gedämpfter Stimme, sie hoffe, bald Großmutter zu werden. Einige Kilometer zuvor habe sie einen Storch gesehen, rechts ab in der Wiese. Er habe da einfach in der Wiese gestanden und zu ihr herübergeschaut, ein richtiger ausgewachsener Storch. Das sei doch mal wirklich als gutes Omen zu werten, oder?
Ich gebe ihr Recht.
Störche zur Rechten – wirklich ein erstklassiges Omen.
Ich erzähle ihr, dass ich ebenfalls rechts am Wegesrand zwei Kängurus zwischen den Apfelbäumen gesehen habe.
Was das wohl zu bedeuten hat?
Kängurus im Gelderland.
Gertrud weiß es jedenfalls nicht.

Ella hat Straußenvögel gesehen, ebenfalls rechts, unterhalb des Deiches.
Heidi – oder Doris? – gluckert ihr unnachahmliches Lachen in „piano".
Bettina raucht mit geschlossenen Augen und lächelt vor sich hin.
Herbert schaut aus dem Fenster und sieht, wie die Schatten länger werden. Anne beschreibt Ansichtskarten. Jürgen, Wolfgang und Heinz-Werner murmeln miteinander über geplatzte Reifenmäntel und wie man sie wohl am wirkungsvollsten repariert. Lothar lernt still die Landkarte auswendig.

Die Wirtin von *Café Engel* schaltet das Radio aus, als die 5-Uhr- oder 6-Uhr- oder 7-Uhr-Nachrichten beginnen.
Die Zeit ist endgültig stehen geblieben.

Ich bestelle noch einen Tee.

Irgendwann steht einer nach dem anderen auf, nimmt die trockenen Socken von der Heizung, dehnt sich, gähnt, geht raus zu den Rädern.

Ooij

Immer noch Sonntag.
Später Nachmittag oder früher Abend.

Wie lange schon radele ich auf diesem Deich?
Wie viele tausend Umdrehungen haben die Pedale schon gemacht?
Wie lange dauert schon dieser Tag?
Wie unendlich weit liegt Kevelaer zurück?

Einige Kilometer hinter Dodewaard kommt unvermittelt und etwas früher als erwartet der große Moment, in dem mein Körper schwerelos wird.

Ich kenne dieses Phänomen, kann es aber, da ich – fatal, fatal auf einem mathematisch-naturwissenschaftlichen Gymnasium – in Chemie und Biologie nicht sonderlich gut aufgepasst habe, nur unzureichend erklären. Ich werde jedoch versuchen, es einigermaßen verständlich zu beschreiben:

Nach einer bestimmten, bei jedem Menschen unterschiedlich langen Zeit körperlicher Anstrengung oder – genauer gesagt – Überanstrengung, sagt der Körper zum dazugehörigen Kopf: „Hör mal, Kopf! Genug! Ich hab‘ jetzt keine Lust mehr. Können wir bitteschön kurzfristig mit dieser Anstrengung aufhören!?“

Körper und Kopf kommunizieren im Übrigen mittels verschiedener Hormone und anderer sogenannter Botenstoffe miteinander, die sie sich wechselseitig in wohl dosierten und somit gut verständlichen Portionen in die Nervenbahnen schicken.

Der Kopf wägt, nachdem er diese Bitte des Körpers empfangen hat, zwischen verschiedenen Optionen ab und entscheidet sich je nach Einschätzung der Sachlage entweder zum Befehl an den Körper:

„Ok. – Hör mal auf zu laufen!“ oder „Hör mal auf zu paddeln!“ oder „Hör mal auf, Holz zu hacken! – Setz‘ oder leg‘ dich schön hin – atme ruhig durch!“

Oder aber der Kopf entscheidet sich zur Durchsage:
„Weitermachen! Es sind nur noch drei Kilometer bis zum Marathontor resp. bis zum Etappenziel bzw. zehn Minuten bis zum Schlusspfiff!“

Oder er argumentiert ungefähr so:
„Das wäre jetzt eine t o t a l e Blamage für mich als Kopf und im Übrigen auch für dich, Körper, oder, sagen wir mal einfach, für uns beide, wenn du dich jetzt ausgerechnet hier hinsetzen oder hinlegen würdest.
Was sollen denn die Leute von uns denken?
Mensch, Körper!
Stell dich nicht so an!
Hau rein!“

Der Körper greift nun, eine solche Ansage mit Bedauern und/oder Empörung hörend, zur nächsten Sprosse der Eskalationsleiter und signalisiert dem Kopf – beispielsweise beim langstreckigen Mit-heftigem-Gegenwind-auf-einem-Deich-Fahrradfahren – einige seiner Teile würden nicht mehr ganz richtig funktionieren, z.B. die Kniegelenke, z.B. die Wadenmuskulatur, z.B. die Bandscheibe.
Und wenn es noch länger so weitergehe, könne er, Körper, für nichts mehr garantieren. Der Innenmeniskus beispielsweise – und das habe er doch schon hundertmal gemeldet – sei sowieso verschlissen und stünde kurz vor dem endgültigen Kollaps.
Und sämtliche Beinmuskeln seien sowas von übersäuert.
Und von den überlasteten Atemwegen wolle man gar nicht erst reden.
Und übrigens, er wolle ja niemanden beunruhigen, aber den Po, also den Po spüre man schon einige Zeit überhaupt nicht mehr.
Wenn da mal nichts passiert sei!

Um all dies argumentativ zu untermauern, schickt der Körper eine Menge der einschlägigen Botenstoffe an den Kopf. Und der Kopf registriert: „Verschiedene Körperteile schmerzen“ und beginnt wiederum abzuwägen, was nun zu unternehmen sei.

Im Folgenden entwickelt sich eine sehr lebhafte Konversation zwischen Kopf und Körper. Angebote wie „Mach doch einfach mal ein bisschen langsamer“ oder „Nimm doch mal eine andere Sitzposition ein“ werden gemacht, werden angenommen, werden ausprobiert, werden für untauglich befunden.

Die Gesprächsatmosphäre zwischen Kopf und Körper wird zunehmend gereizter. Schon werden mittels weiterer Botenstoffe Vorwürfe und Schuldzuweisungen ausgetauscht. Man kennt derlei Dialoge ja hinlänglich aus anderen Lebensbereichen.

„So eine blöde Idee: Fahrradtour von Wuppertal nach South Tyneside. Das kann auch nur einem Kopf wie dir einfallen!“

„Wer von uns wollte denn nie richtig trainieren – du oder ich?!“

„Soll ich dir mal sagen, welche Art Urlaub andere Köpfe ihren Körpern gönnen, ja? Ich kenne Körper, die dürfen drei Wochen am Strand von Juan-les-Pins liegen und nur die Oberhaut und die Leber haben ein wenig zu tun. Der Rest hat frei. Das nenne ich Ferien, mein lieber Kopf.“

„Jetzt hör aber mal auf, mein lieber Körper! Du hängst doch das ganze Jahr nur rum, du schlapper Beamtenkörper!
Und außerdem: Ich bin hier der Chef!“
„Bist du nicht!“
„Bin ich doch!“
„Bist du nicht!“
„Bin ich wohl!“
„Nein!“

„Doch!“
„Nein!“
„Ja!“
Das alte Spiel!

Auf dem vorläufigen Höhepunkt der Auseinandersetzung entbrennt ein heftiger Streit darüber, wer denn verdammt-noch-mal Schuld an der Nikotinsucht habe, und die – da sei man sich ja wohl einig – sei ja nun mal wirklich für viele der Probleme hier verantwortlich.

Wenn der Körper absolut nicht zu beruhigen ist, pausenlos weitere Schmerzsignale und Ausfallmeldungen sendet, wenn zu befürchten steht, dass er seine ziemlich unverhohlen angedeuteten Streikdrohungen wahrzumachen droht, greift der Kopf zum letzten Mittel. Das Großhirn informiert das Kleinhirn, dass mit dem Körper heute absolut nicht vernünftig zusammenzuarbeiten sei, das Kleinhirn möge doch bitte so nett sein – Groß- und Kleinhirn sind in der Regel außerordentlich freundlich zueinander – also das Kleinhirn möge doch bitte mal die Hirnanhangdrüse öffnen und ein paar Milliliter des Spezialhormons Endorphin runterschicken.

Mit diesen sogenannten Glückshormonen geht der Organismus sehr sparsam um. Ihre Ausschüttung bewirkt, dass sich augenblicklich, von einer Minute zur anderen, die Situation total entspannt. Der Körper empfindet keinerlei Schmerz oder Ermüdungserscheinung mehr. Ein wohliges Gefühl der Schwerelosigkeit breitet sich aus. Der Kopf entspannt sich umgehend, da keine lästigen Maulereien vom Körper mehr ankommen und registriert auch gar nicht mehr, dass und wie der Körper arbeitet. Man könnte sagen: Kopf und Körper trennen sich in gewisser Weise. Beim Radfahren beispielsweise treten die Beine nun ganz von alleine, spulen Kilometer um Kilometer um Kilometer ab.

Mein Organismus erlebt diesen Vorgang regelmäßig zwischen Kilometer 70 und Kilometer 80, heute kurz vor dem Waal-Dorf Ochten, just in dem Moment, in dem am Abendhorizont die Prinz-Willem-Alexander-Brücke sichtbar wird.

Die Gedanken werden klarer, die Sinneswahrnehmungen deutlicher. Es ist großartig.

Während ich mich sehr qualifiziert mit Herbert über die Geografie des Landes unterhalte, während ich das Spiel von Licht und Schatten auf Himmel, Wasser und Land so deutlich aufnehme, dass ich es auch in 50 Jahren noch malen könnte, während ich mir ganz plötzlich mit absoluter Sicherheit darüber klar bin, wer eigentlich Doris und wer Heidi ist – „Hallo Doris, was machst du denn hier in Holland“ – rufe ich ihr im Vorübergleiten zu und sie lacht ihr perlend-gluckernd-sich-steigerndes Doris-Spezial-Lachen, während ich, ohne zu zögern, die im Westen hoch stehenden dünnen Wolken zweifelsfrei als Cirrokumuli identifiziere, fallen mir viele Dinge ein, die mir nie einfallen würden, wenn sie mir einfallen sollten, werden mir viele Angelegenheiten klar, die mir im endorphinlosen Zustand verborgen blieben, Zusammenhänge, die ansonsten im unklaren Bewusstseins-Nebel dahinschlummerten.

Auszugsweise:

1) Luzia will mit ihrer dauernden Fragerei nach dem Kilometerstand gar nicht wirklich nach dem Kilometerstand fragen, sondern sie hat vielmehr bemerkt, dass ich mich stundenlang in einem gewissermaßen autistischen Zustand befinde, aus dem sie meint, mich rausholen zu müssen. „Michaeel – niemand betonte das „e“ in Michael je so, wie sie es tut – Michaeel, wie weit sind wir heute denn schon gefahren?“ heißt übersetzt: „Michaeel, geht’s dir gut?“ Schön, das jetzt zu wissen.

2) Der Bloomsday ist der 16. Juni. Ist eigentlich unwichtig, freut mich aber, dass es mir nach vielen Jahren eingefallen ist. Nur – warum heute, warum hier?

3) Ampelfreie Kreisverkehre sind die Lösung aller Innenstadt-Staus.

4) Der Text von *A Whiter Shade of Pale* hat keinen Sinn.
Keinen. Endgültig!

Begeistert und ermuntert von derart großartigen Erkenntnissen aus der zur Feier des Tages geöffneten Hinterkammer des Kopfes versuche ich, mich an meine Mathematikaufgabe aus der mündlichen Abiturprüfung zu erinnern und sie heute, 32 Jahre nach dem „schwarzen Montag“, endlich zu lösen – sozusagen „mal eben“, „zwischendurch“, „so zwischen Kilometer 94 und 99“. Gerade, als ich mich an die Kurven-Diskussion der erinnerten Formel machen will – mit erster und zweiter Ableitung, Berechnung der Minima und Maxima, vielleicht sogar – das müsste doch, auch wenn's im Kopf schwerer als auf Papier ist, bis zur Brücke dahinten zu schaffen sein – mit der Berechnung der Wendepunkte, werde ich in diesem lobenswerten Gedankengang, der immerhin eine jahrzehntealte Blamage irgendwie dann doch noch eliminiert hätte, von der Eil-Meldung „Auge an Hirn: Ich sehe ein Ortsschild. Hier stimmt was nicht!“ unterbrochen.
Also: „Auge an Hirn! Ich sehe ein Ortsschild. Hier stimmt was nicht!“

Auf dem Schild steht „Ooij“.

Klar. Da waren wir doch heute schon, sechs Stunden zuvor, 40 Kilometer zurück. Da kommen wir her! Die Gegend kam dem Auge ohnehin schon lange irgendwie bekannt vor.

Ist der Kopf also doch blöd?
Denkt über allerlei Quatsch nach und schickt den armen Körper sinnlos im Kreis herum? Fährt vollkommen kritiklos irgendwelchen Lothars und Wolfgangs hinterher!
Typisch! Typisch Kopf!

Die kurz aufgekommene Hektik ist umsonst. Es ist ein anderes Ooij, wie ein aufgeregter Blick in die Karte zeigt. Ooij scheint in Gelderland ein gerne genommener Ortsname zu sein. So wie Neustadt in Deutschland oder Villeneuve in Frankreich.

Ooij.

Ist mir nie aufgefallen.
Wie ein solcher Name wohl entstanden ist?
Frage ich mich zum zweiten Mal an diesem Tag.

Jetzt am Abend scheint eine Antwort plausibel:
Als ostgelderländische Siedler irgendwann damals nach Ende der vorletzten Eiszeit mit ihren Ochsenkarren gen Westen zogen, um eine neue Heimat zu finden, erreichten sie am Abend eines langen Tages ein herrlich grünes Land, auf das sanft die Abendsonne schien. Die Silberpappeln warfen lange Schatten. Das Lied der Amsel klang weit über die Ebene und am Himmel schwebten zarte Cirrokumuli.
Kurz vor der Prinz-Willem-Alexander-Brücke, die damals natürlich noch nicht diesen Namen trug, wahrscheinlich sogar überhaupt noch nicht existierte, machten die müden Siedler Halt.
Sie drehten sich eine Zigarette, sahen sich um, standen still und sagten leise und erschöpft:
„Ooij“.
„Ooij, schön hier!“
„Ooij, ooij, ooij!“

„Leute, wisst ihr was, hier bleiben wir! Es ist sowieso schon Abend, rüber können wir eh nicht, es gibt ja nicht mal ‘ne Brücke und morgen fangen wir an, hier, genau hier, ein Dorf zu bauen. Bindet die Ochsen los!“

Und als dann einige Tage später – die Siedlung hatte schon Gestalt angenommen – beim gemeinsamen Abendessen im noch erst halb fertigen Rohbau der Patat-Bude die Frage aufgeworfen wurde, welchen Namen das Dorf denn tragen sollte, als Vorschläge wie „Nieuwstad“ („Das gibt es doch schon hundertmal!“) und „Ochten“ („Bist du blöd, so hieß doch der letzte Ort, durch den wir kamen!“), verworfen worden waren, da – gerade waren die Kroketten und die Bitterballen gar geworden und man hatte jetzt auch eigentlich keine rechte Lust mehr, das Thema weiter zu erörtern – erinnerte man sich der euphorischen Worte, die beim ersten Halt aus Freude und Begeisterung gesprochen worden waren und nannte das Dorf kurzerhand „Ooij“.

Ooij bei Ochten.

Bei Ooij schwingen wir uns auf die Prinz-Willem-Alexander-Brücke und überqueren den Waal. Ein irres Gefühl, schwerelos über das Land zu gleiten. Von rechts weht uns der frische Meereswind zu, links gleiten unsere zehn Meter langen Schatten neben uns her. Während der gesamten Überfahrt über die mehr als 2 Kilometer lange Brücke, die mir wie ein Überflug über das unendliche Grün vorkommt, fährt kein Auto hinüber oder herüber.
Zwischen Bettina und Jürgen fliege ich ans Südufer.

Eine Viertelstunde später erreichen wir das Fährhaus von Wamel.

Wamel

Alleine sitze ich am Ufer des Waals und blicke auf die Silhouette von Tiel. Tiel liegt auf der gegenüber liegenden Seite des Flusses. Die beleuchtete Kirchturmuhr von Tiel zeigt mir, dass Mitternacht vorbei ist. Die kürzeste Nacht des Jahres.

Hinter mir im Fährhotel gehen eins nach dem anderen die Lichter aus. Männer- und Frauen-Lachen fliegt zu mir hinunter. Wir haben Spaß gehabt heute Abend. Nach 108 Kilometern auf dem Rad blieb zum Duschen keine Zeit. Die Küche wollte Feierabend machen. Wir haben gut gegessen. Gemeinsam an einem großen Tisch. Wir haben reichlich Sekt und Wein und Bier und Genever getrunken und wir haben viel gelacht.

Und dann – nach dem Essen – haben wir die 16 Kazoos verteilt und zum ersten Mal den *Twin Town Blues* zusammen gespielt.
Dabei haben wir noch mehr gelacht.

Twin Town Blues ist eine Cover-Version des Platters-Songs *Only You*, der von Wolfgang textlich in Richtung einer Hymne auf Wuppertals Partnerstadt South Tyneside – „twin town“ englisch für Partnerstadt – umgearbeitet wurde.

Das Kazoo ist ein 8,2 bis 8,4 cm langes Metall-Blasinstrument, das, wenn man tatsächlich hinein bläst, überhaupt keinen Ton erzeugt. Neun von zehn Kazoo-Neulingen blasen zunächst einmal in ihr Instrument und sind bitter enttäuscht über das erzielte Resultat. Das neunfache asthmatisch anmutende Keuchen und Fauchen ist allerdings ganz typisch und gehört irgendwie zu einer Kazoo-Anfänger-Übungsstunde dazu. Auch der ebenfalls in 90% aller Fälle getätigte Versuch, das Instrument vom anderen Ende her zu bedienen, zeitigt keinerlei Erfolg.

In dieser 1. Phase freute ich mich über die sehr aufmerksame Bedienung des Restaurants: Zwei Kellnerinnen kamen nahezu im Laufschritt und fragten freundlich und besorgt, ob bei uns denn alles recht sei.

In Phase 2 des Lernprozesses begreift der Kazoo-Eleve sehr bald, dass man in das Gerät hinein singen bzw. summen muss. Dadurch wird die dünne Membrane, die einen Durchmesser von 0,6 – 0,8 cm aufweist, in Schwingungen versetzt, die den Gesang bzw. das Gesumme des Spielers so verfälschen, dass eine Art Instrumentalwirkung entsteht.
Diese Phase 2 mit ihrer bunten Vielfalt an Trötgeräuschen in den verschiedensten Tonlagen, Klangfarben und Lautstärken assoziieren Zuhörer von Kazoo-Anfänger-Gruppen gerne mit der Geräuschkulisse von aus dem Ruder laufenden Kindergeburtstagen. Phase 2 im Fährhotel dauerte mit ca. 25 Minuten überdurchschnittlich lange.

In Phase 2 fiel im Übrigen allen anderen Restaurantgästen auffallend plötzlich ein, dass sie heute Abend doch noch andere Termine hätten. Dringend baten sie um die Rechnung und verließen – die Bezeichnung „fluchtartig“ ist keine Übertreibung – das Lokal, wobei sie sich gegenseitig, dem Wirt und auch uns eigenartige Blicke zuwarfen.

Deswegen verpassten sie leider die ebenfalls typische Phase 3, bei der jedes Mitglied der Lerngruppe unabhängig vom anderen seine Lieblingsmelodie ins Kazoo tönt. Automatische Folge ist ein erst allmähliches, sich dann immer schneller steigerndes Crescendo, da jeder – und zwar zu Recht – auf die ersten Erfolge in der Beherrschung seines Instruments stolz ist, jedoch die Ergebnisse seiner musikalischen Bemühungen gerne auch hören möchte, was angesichts der Nähe der Mitspieler und deren Geräuschprodukten sehr schwierig ist. Also probiert man’s bei der 2. Strophe oder beim 3. Satz ein wenig lauter – der Nebenmann oder die Nebenfrau ebenfalls – usw. usw. usw.

Zugegeben: Phase 3 ist für den Unbeteiligten ziemlich strapaziös. Während Phase 3 anlief, wollte ich einen Zitronen-Genever bestellen, konnte aber im gesamten Gastraum kein Mitglied des Bedienungspersonals mehr entdecken. Phase 3 im Fährhotel war einigermaßen heftig, auch dadurch, weil unsere Gruppe mit 16 Mitgliedern recht groß war, jedoch wiederum nicht groß genug, um den Wahrscheinlichkeitsfaktor, dass zwei oder mehrere das gleiche Lied spielen über den statistisch zu erwartenden Wert von 1:15 000 steigen zu lassen. Das Niveau der allerhärtesten Phase 3 meiner Karriere als Kazoo-Lehrer, die seinerzeit im Hauptbahnhof von Hagen seitens der Bahnpolizei unterbrochen wurde, wurde nur ganz knapp verfehlt.

Zum Ende unserer Phase 3, die mit wiederum knapp 20 Minuten auch sehr lang dauerte, wurden übrigens – aus meiner Sicht völlig unnötig; denn draußen war es wirklich lau und schöne Luft – von Seiten des wieder aufgetauchten Personals sehr hastig sämtliche Fenster geschlossen. Wahrscheinlich wegen der Mücken, nehm‘ ich an.
So nah am Fluss – klar!
Sehr umsichtig – gutes Lokal.

Dann haben wir geschafft – und das ist für jeden Musikpädagogen das Schwerste überhaupt – Phase 3 behutsam in Phase 4 überzuleiten, nämlich zu erreichen, dass alle gemeinsam ein und dieselbe Melodie intonieren. Und das war der *Twin Town Blues.*
Wolfgang hat den Text gesungen.
Wir 14 haben die Melodie durchs Kazoo gesummt und Doris hat sich dazu kaputtgelacht. Je länger ihr Nonstop-Lachen anhielt, um so mehr der Spielerinnen und Spieler schwenkten vom Lager der Summer ins Lager der Lacher um. Einige entdeckten eine gangbare Kompromisslösung, nämlich ins Kazoo hinein zu lachen.
Auch ein interessanter Effekt.
Am Ende haben alle nur noch gelacht.

Ausschließlich Jürgen hat gespielt, dabei dem Instrument Töne entlockt, die sogar mir als Kenner dieser Musikrichtung bislang unbekannt waren und die andeuteten, dass Jürgen eine große Zukunft als Kazoo-Spieler vor sich haben könnte. Währenddessen stürmte unaufgefordert und mit einem Gesichtsausdruck, den man mit „begeistert", zumindest aber mit „fasziniert" beschreiben könnte, die Kellnerin herbei und hielt einen großen Block sowie einen Kugelschreiber in der Hand. Sie wollte nicht – wie ich zunächst annahm – um ein Autogramm bitten, sondern freundlich fragen, ob wir jetzt vielleicht bezahlen möchten.

Die Rechnungslegung – bei 16 angetrunkenen *Green-Route*-Fahrern ohnehin kein ganz einfaches Geschäft – wurde durch ein relativ ungeordnetes Wirrwarr der wieder auflodernden Phasen 2 (aus dem Ruder laufender Kindergeburtstag), Phase 3 (Kakophonie aus gleichzeitig zu Gehör gebrachten Songs wie *Der Anton von der Gathe*, *Im Märzen der Bauer*, *Klavierkonzert Nr. 1* von Peter Tschaikowski und *The Boxer* von Simon & Garfunkel) sowie Phase 4 (*Twin Town Blues* + Doris-Gluckern) mehr als erschwert.

Parallel experimentierte Jürgen mit seinem Instrument derartig brilliant, virtuos, mit einem Wort „außergewöhnlich", dass ich meine vor Minuten getroffene Einschätzung, dass er sich sehr bald in die allererste Reihe der weltbesten Kazooisten hineinspielen könne, revidieren musste: Jürgen wird – und das ist sicher – die Kazoo-Szene revolutionieren!!!

Sicherlich kamen bei der komplizierten Abrechnungsgeschichte neben der gewaltigen Geräuschkulisse auch sprachliche Verständigungsprobleme hinzu. Jedenfalls war bald der Moment erreicht, in dem die bis dahin sehr geduldig wirkende Serviererin recht spontan ihren Dienst quittierte und lieber dem Hotelchef das Kassiergeschäft überließ. Wahrscheinlich musste sie die letzte Fähre nehmen, um ans andere Waal-Ufer zu kommen. Bestimmt wohnt sie in Tiel oder Ooij. Jedenfalls am anderen Ufer.

Die Phase 5 – eigentlich sensationell, dass eine Gruppe sich so schnell bis dorthin vorarbeitet – war ansatzweise sehr hoffnungsvoll. In Phase 5 spielt die Gruppe nicht nur das gleiche Stück, sondern tut dies in verschiedenen, sich im Idealfall ergänzenden Gruppen. Zwei bis drei Spieler übernehmen die Melodie, andere geben den Rhythmus an, wiederum andere intonieren eine Bass-Linie bzw. setzen ein- oder gar mehrstimmig ein Harmoniegerüst.

Der *Twin Town Blues* war zwar nur noch von absoluten Kennerohren wiederzuerkennen, aber bemerkenswert und zu großen Hoffnungen Anlass gebend waren die Konzentration und die Disziplin, besonders aber der kreative Einfallsreichtum der einzelnen spontan zusammengestellten Gruppen.Phase 5 nahm nicht zuletzt durch den seltsamen Unterton in der Stimme des Hotelbosses, der angerauscht kam, um zu fragen, ob er jetzt „noch irgendwas" für uns tun könne, ein abruptes, jedoch sehr fröhliches Ende.

Was immer der Mann bereit war, noch für uns zu tun, er schien wohl vorbreitet und darauf gefasst zu sein, ja, er schien fest damit zu rechnen, für dieses „Irgendwas" auch eventuell die Hilfe Dritter in Anspruch nehmen zu müssen.

Denn während unsere Gruppe von Phase 5 zu Phase 6 überging und auf Herberts Anregung den mit fünf bis sechs Kazoos inzwischen schon recht kompakt intonierten *Twin Town Blues* mit gesungenen Textzeilen aus dem *Anton von der Gathe* unterlegte, dagegen eine kleinere, aber dafür lautstärkere Teilgruppe der Combo unter der Stabführung von Heinz-Werner genau das Gegenteil probierte, nämlich auf die kraftvolle mit einigen Kazoos herausposaunte „Anton-Melodie" „...you are so far away" brüllte, hatte der Wirt seinen Telefonapparat – normalerweise im unteren Thekenbereich positioniert – griffbereit a u f den Tresen gestellt.

Aus den Augenwinkeln heraus konnte ich beobachten, wie er mit der rechten Hand – die linke umfasste bereits den Hörer – hektisch in einem Buch blätterte, das vom Format her ein Branchenverzeichnis sein konnte.

Während der emsig hin- und herblätternde Hotelier sich offenbar nicht entscheiden konnte, wer für die Lösung des Problems zuständig sein könnte, auch noch die Vorfrage erwägend, ob es überhaupt sein oder unser Problem sei, während er sich des Umstandes bewusst wurde, dass am späten Sonntagabend die einschlägigen Hilfsdienste bzw. die zuständigen Behörden und die auf solche oder ähnliche Fälle spezialisierten Beratungsstellen und Selbsthilfegruppen möglicherweise nicht oder nur über Ansagedienste erreichbar sein könnten, während der Mann zunächst mal 80 % der Gaststättenbeleuchtung löschte – was konnte er alleine, von seiner Mannschaft inzwischen gänzlich verlassen mitten in der Nacht denn noch selbst tun?? – verhinderten besonnene Teile der *Green-Route*-Truppe den Ausbruch der Phase 7. Dieser drohte nämlich, als dem ein oder anderen aufging, dass eine ordentliche rhythmische Begleitung der Musik nur gut tun würde und dass – in Ermangelung eines Schlagzeuges, einer Trommel, eines Tambourins oder zumindest eines Waschbrettes – zur Not auch die Tischplatte genug Resonanz für die Erzeugung eines hübschen „Grooves“ bieten würde. Gerade auch deswegen, weil noch Geschirrreste und Gläser darauf standen.

Um die kurz vor Mitternacht eingeleiteten Deeskalationsbemühungen machten sich ganz besonders Ulrike und Lothar verdient. Ihnen ist zu verdanken, dass das Konzert langsam ausklang. Ob es ihnen auch gelungen ist, das Fährhotel als festen Routenbestandteil und als Übernachtungsmöglichkeit für den GRÜNEN WEG langfristig zu sichern, müssen spätere Expeditionen zeigen.
Ich schätze die Chance optimistisch auf 5:95.

Dadurch, dass sich das Orchester nun in kleinere Teilgruppen aufsplittete, um weitere Übungseinheiten im Treppenhaus sowie in den Zimmern und auf den Fluren des 1. und 2. Obergeschosses zu absolvieren, verlor die Aufführung merklich an der kompakten Vehemenz, die sie seit mehr als zwei Stunden ausgezeichnet hatte.

Aus der Herrentoilette hörte ich noch einen wunderschönen und wirklich zu Herzen gehenden zweistimmig vorgetragenen *Anton*-A-Capella-Satz. Mir selbst gelang – bei aller Bescheidenheit – im Vorgarten des Hotels eine beeindruckende *Summertime*-Improvisation, obwohl aus einem geöffneten Fenster in der 1. Etage ein Rückfall in Phase 2 (aus dem Ruder laufender Kindergeburtstag) ein wenig störte.

Ich gehe ins Haus zurück.
Von oben höre ich Doris lachen.
Der Wirt schließt hinter mir ab. Das Telefon hat er wieder unter den Tresen gestellt. Das Branchenverzeichnus auch. Die Nummer von „Wirte in Not" hat er inzwischen gefunden, vorsichtshalber mal notiert, den Zettel an die Pinnwand neben die Heineken-Reklame gehängt.

Tiel

Die Personenfähre bringt uns und unsere Räder von Wamel nach Tiel.

Tiel hat alles, was „typisch“ ist für eine holländische Stadt.
Große Kirchen, alte und ganz alte Häuser mit vielfältigen Fassaden-, Giebel- und Fensterfronten, kleine mit Lindenbäumen gesäumte Grachten, die den Stadtkern umschließen, filigrane Brücken, an denen Geranien- und Petunienkästen hängen, Bäcker-, Metzger- und Bonbonläden mit altem Interieur, Antiquitätengeschäfte, gemütliche holzvertäfelte Cafés und Bars.
Nur Touristen hat Tiel nicht.
Das ist der Unterschied zu Alkmaar und Gouda und Delft und Haarlem.

Montagmorgen in einer holländischen Kleinstadt. Montagmorgende sind in holländischen Kleinstädten wie Sonntagmorgende.
Die Geschäfte haben geschlossen. Die Cafés sind zu.
Die Spatzen haben das Pflaster für sich und flattern ein kleines Stückchen weiter, wenn ab und an ein Radfahrer auf dem Weg zur Arbeitsstelle oder zum zweiten Frühstück gemächlich vorbei bummelt.

Alle Viertelstunde füllt der Ton des Glockenspiels vom großen Turm die Gassen. Das Programm zur vollen Stunde, u. a. mit der holländischen Nationalhymne, dauert – ich merke es um 10 Uhr – ca. 12 Minuten.
Dann ist es bis viertel nach zehn ganz still in Tiel.

Tiel ist toll.
Wäre ich für die Tieler Stadtwerbung verantwortlich, würde ich diesen Satz zum Slogan machen. Aber in Tiel braucht man keine Slogans.
Ich glaube, man will gar keine.
Auch keine Stadtwerbung.
Tiel ist Tiel.
Und das ist toll.

Die *Green-Route*-Gruppe hat sich in der Stadt verstreut, während Wolfgangs Rad in der Werkstatt am Bahnhof repariert werden soll. Das wird dauern, denn von zehn bis halb elf ist zunächst mal Ruhe. Der Monteur und der Lehrling und die Frau, die Räder verleiht, machen Pause. Sie trinken Kaffee, lauschen dem Glockenspiel und freuen sich, in Tiel zu leben und zu arbeiten, hier, wo die Montagmorgende geruhsam beginnen.

Ich sitze unter einem großen Lindenbaum auf einer Parkbank zwischen zwei Tielern. Auffällig: Beide tragen weiße Sportschuhe der Marke Nike. Der Mann rechts auf der Bank ist sicher weit über siebzig. Er trägt eine Schiffermütze und raucht eine dicke Zigarre. Das heißt, er hält die Zigarre, ohne sie je anzufassen, zwischen den Lippen. In regelmäßigen Intervallen fällt ein Stück weißer Zigarrenasche auf seine Jacke und bleibt dort liegen, was ihn überhaupt nicht zu stören scheint.

Der Mann links auf der Bank mit seiner Schirm-nach-hinten gedrehten Baseballkappe ist ca. 16 oder 17 Jahre alt, schwänzt vermutlich die Schule und raucht eine dicke selbstgedrehte Zigarette, die dem Duft nach zu urteilen eindeutig Rauschmittel-Bestandteile enthält, was den Alten auch nicht zu stören scheint.

Mein Guter Morgen-Gruß bleibt von beiden unbeantwortet.
Ihre Gesten sagen jedoch eindeutig, dass ich auf dem Platz zwischen ihnen willkommen bin.
„Ach – ein schöner Morgen“, sage ich, blicke freundlich nach rechts und nach links und strecke die Beine aus.
Keine Antwort.
Ich werte das genüssliche gleichzeitige Ausblasen je einer süßlichen und einer eher herberen blauen Wolke als ortsübliche Zustimmung.

Zwei lange geruhsame Minuten später:
„Wirklich schön hier!“
Keine Antwort.

Vielleicht doch so etwas wie Missbilligung oder Doch-nicht-so-ganz-erwünscht-sein?

„Tjaaa…“, äußere ich mich einige Zeit später ziemlich indifferent und so kurz, dass sie mich nicht für einen Schwätzer halten.
Auch darauf keine Reaktion.

Vielleicht ist auf dieser Bank das Rauchen Pflicht?
Ich ziehe die Van-Nelle-Packung aus der Tasche.
Zu dritt sitzen wir auf der Bank unter der Linde und rauchen und schweigen und hören dem Glockenspiel zu.
Direkt vor unseren Füßen streiten sich die Spatzen.

Irgendwann im Laufe des Vormittags wendet sich der Alte mir zu, wobei ihm ein fetter Aschebrocken auf die Jacke fällt, und beginnt emsig, an meiner rechten Hosentasche zu nesteln. Ich bin ihm behilflich und hole den Tabak heraus. Er hält die Van-Nelle-Packung dicht vor seine Augen und hält eine mindestens zehn lange Sätze umfassende Ansprache, von der ich, obwohl der holländischen Sprache einigermaßen mächtig, nicht ein einziges Wort verstehe. Dabei schaut er streng geradeaus und behält die beim Sprechen auf- und abwippende und dabei kleinere Aschepartikel verstreuende Zigarre in zentraler Mundposition.

Ich lächle ihn an, sage: „Tut mir leid, ich habe Sie nicht verstanden!“
Keine Reaktion.
Außer, dass er mir meinen Tabak wieder in die Hand drückt.
Aber: Immerhin! Es scheint hier kein absolutes Schweigegelöbnis oder sowas vorzuliegen.

Ich fühle mich ermuntert und versuche erneut, ein Gespräch in Gang zu bringen: „Wir machen eine Radtour. Von Wuppertal bis nach England! Da hinten, das sind meine Freunde!“
Schweigen.
„Das sind ein paar hundert Kilometer!“
Schweigen.

„Bis England! Von Wuppertal aus! Mit dem *fiets*!“
Unbeeindrucktes Schweigen.
Letzter Versuch:
„Wir sind schon drei Tage unterwegs!“
Stille.
Fünf Minuten. –
Zehn Minuten. –
Wenn man aufpassen würde, könnte man wohl die Asche auf die Jacke fallen h ö r e n.
Sonst nichts – außer dem Viertelstunden-Glockenspiel.

Dann überschlagen sich plötzlich die Ereignisse:
„Van Nelle“, sagt leise der Junge,
„Wuppertal“, deutlich-eindeutig der Alte.
Fast gleichzeitig.
„Nike“, sage ich und deute auf ihre Schuhe.
Beide schmunzeln und schweigen.

Zwei Glockenspielintervalle später kommt Gertrud an unserer Bank vorbei. Sie war in der Innenstadt oder der Fahrradstation gegenüber am Bahnhof oder sonst wo. Sie spricht ein oder zwei Sätze zu mir. Gleichzeitig stehen beide Männer auf und gehen, der Alte nach rechts und der Junge nach links.

Schade, wir hätten uns doch noch so viel zu sagen gehabt.

Beesd

Gleich hinter den letzten Häusern von Tiel fahren wir mal wieder an einem Fluss entlang.
Es ist die Linge, ein ganz eigenartiger Fluss.
Eigentlich ein sensationeller Fluss.

Die Linge entspringt irgendwo zwischen Arnhem und Nijmegen im schmalen Flachlandstreifen zwischen den mächtigen Strömen Waal und Lek, in die sich der Niederrhein teilt. Und dann schlängelt sich die Linge unbeeindruckt von den großen Flüssen quer durch halb Holland, wird vom Bächlein zum Bach, vom Bach zum Flüsschen. Sie beschreibt riesige Kurven und widersteht immer wieder der Gefahr, in den Sog der oft nur wenige Kilometer entfernten großen Flüsse, die mit Macht nach Westen strömen, zu geraten und von ihnen aufgenommen zu werden. Vom Flüsschen wird die Linge zum Fluss, zieht selbstbewusst souveräne Schleifen, bleibt autark und wird größer und größer und hier zwischen Tiel und Geldermarsen hat die Linge schon mehr als Wupperbreite.

Flussmäßig gesehen ist die Linge ein Beispiel für holländische Individualität und für holländische Toleranz. Sie macht, was ihr beliebt, für diese Gegend völlig untypische Biegungen und Windungen. Lek und Waal lassen sie gewähren, so wie man in Holland jeden gewähren lässt, solange er die anderen nicht stört.

Das hat mir an Holland schon immer gut gefallen.

In Geldermarsen schaue ich in die Linge hinunter, als wir ewig lange auf der Brücke darauf warten, dass sich die Eisenbahnschranken öffnen.
Auf dem Fluss zwei Schwäne.
Neben mir vor der Schranke Joe Cocker auf einem Moped.
Wir machen ihm Handzeichen, er möge doch bitte seinen Motor abstellen, so wie es die anderen zwei Dutzend Bromfiets-Fahrer, die mit uns auf der Brücke warten, auch getan haben.

Macht er dann auch.
Ich pfeife die ersten Takte von *With A Little Help From My Friends*.
Wenn Cocker jetzt reagiert, ist er es wirklich oder zumindest ein naher Verwandter. – Vielleicht ein Zwillingsbruder oder so.
Er reagiert aber überhaupt nicht, startet sein Moped als erster von allen, kurvt Slalom um sämtliche motorisierten und nicht motorisierten Zweiradfahrer herum und donnert als erster unter der sich gerade hebenden Schranke hindurch in Richtung Tricht.

Ich denke, er war's und ich verstehe: Es nervt ihn einfach seit Woodstock '69 total an, dass immer, wenn er von Hinz oder Kunz erkannt wird, dieser Hinz oder Kunz oder Lutz ihm die ersten Takte von *With A Little Help From My Friends* einflötet.
Sorry, Joe!

In Tricht war ich noch nie.
Mein Urteil über diesen Ort ist schnell gefällt und brutal:
Ich erkläre hiermit Tricht zum übelst riechenden Ort zwischen Wolga und Linge. Es stinkt hier absolut abartig und der Gestank wird von Meter zu Meter immer schlimmer.
Wenn es hier immer so stinkt, tun mir die Trichterinnen und Trichter – so heißen sie ja nun mal – doppelt leid.
Es liegt im Übrigen an der Trichter Kläranlage, wie wir bald feststellen.
Immerhin, man ist bemüht, die Linge sauber zu halten.
Und die zeigt sich hier von ihrer allerschönsten Seite. Zwischen Tricht und Beesd zeichnet der Fluss ein riesiges Omega in die Landschaft.

Der Radweg folgt einer der schönsten Flussauen, die ich jemals sah.
Ich fahre freihändig und fühle mich total beschwingt.
Das richtige Feriengefühl!
Ich spüre, dass es den anderen genauso geht, als ich von ganz hinten bis nach vorne fahre – freihändig an allen vorbei.

Einen Kilometer vor Beesd erwischt uns ein Wolkenbruch mit voller Wucht. Vor lauter Euphorie haben wir den Himmel nicht beobachtet.

Ähnlich den Tour-de-France-Fahrern beim Anblick des „flamme rouge“, der den letzten Etappenkilometer anzeigt, ziehen wir einen langgezogenen Sprint in Richtung des Ortes an und retten uns vor dem Ortseingang unter eine Autobahnbrücke.
Aber dieser eine Kilometer Volle-Kanne-Regen hat gereicht.
Alle sind durchnässt.
In der miesesten aller Autobahnunterführungen wechseln wir zwischen einigen Pfützen – offensichtlich noch vom gestrigen Regen – stehend kollektiv die Kleidung.
Im Tunnel riecht es nach Pipi.
Selbst die Graffiti sind schäbig.

Eine zufällige „Schicksalsgemeinschaft“ hat sich unter der Autobahn zusammengefunden: 16 Menschen unterwegs auf Langstrecke Wuppertal – South Tyneside, dazu eine Handvoll Zweiradfahrer auf Kurzstrecke von Tricht nach Beesd bzw. von Beesd nach Tricht.
Alle triefend nass.
Im Einzelnen:
Eine ältere Dame aus Tricht, die vermutlich in Beesd beim Friseur war und diese Aktion jetzt wahrscheinlich wiederholen muss.
Eine zweite Frau mit einem großen Einkaufskorb auf dem Rad, den sie auf dem Montagsmarkt von Beesd mit Obst und Gemüse gefüllt hat.
Ein Mann mit Rennrad und einem Radfahrer-Trikot mit der Aufschrift „RABO-BANK“.
Zwei junge Männer auf Mopeds, möglicherweise – so mein Tipp – auf der Fahrt nach Tricht, um sich bei der dortigen Ticketzentrale Eintrittskarten für das Cocker-Konzert zu sichern.
Es ist ziemlich dunkel geworden im muffigen Beesder Tunnel.
Dichte Regenvorhänge am Eingang und am Ausgang.

Immer dann, wenn es plötzlich beginnt, heftig und gleichmäßig zu regnen und man zusehen kann, wie aus kleinen Pfützen große Pfützen werden, wie sich immer größer werdende Verbindungsrinnsale zwischen den Pfützen bilden, wenn dann nach und nach großflächige Wasserflächen entstehen, immer dann befällt mich die Urangst vor einer zweiten Sintflut.

Damals – bei der ersten – hatte es ja auch zunächst mal „ganz normal" begonnen. Die Leute haben aus dem Fenster geschaut, „Och, guck mal, es hat angefangen zu regnen" gesagt oder sie haben den Schirm aufgespannt, wenn sie einen dabei hatten oder die Regenjacken aus der Gepäcktasche gekramt, wenn sie gerade auf Radtour waren.
„Muss ja auch mal sein", haben sie sich gegenseitig bestätigt und: „Ja, ja, ja, gut für die Natur" gesagt und vielleicht auch noch: „Hauptsache, es regnet sich nicht ein."
Und sie hatten sich, bis auf Noah und seine Leute, die ja Bescheid wussten, zunächst auch mal nichts Weiteres oder Schlimmeres gedacht.
Nach eineinhalb Stunden des damaligen Regens sagte vielleicht der eine oder andere: „Jetzt könnte es aber mal langsam wieder aufhören."
Nach acht Stunden Dauerregen holte man die Wäsche von der Leine und sagte das eine oder andere Fußball-Freundschaftsspiel ab.
Am Morgen des zweiten Tages – es regnete unvermindert – sprach man, wie immer, wenn es ein paar Tage hintereinander regnet, von „Sauwetter", tagsdrauf bereits von einem verregneten Sommer, einen weiteren Tag später von einem „Jahrhundertregen". Und der Wetterbericht nahm große Teile der Titelseiten aller Tageszeitungen ein.
An den darauf folgenden Tagen – es goss immer noch – wurden die ersten Straßen unpassierbar und mussten gesperrt werden.
Züge hatten zuerst Verspätungen, fielen später ganz aus.
Komplette Spieltage der nationalen Fußball-Ligen wurden abgesagt.
Lange vorbereitete Schützenfeste fielen komplett und buchstäblich ins Wasser. Tja – und dann kam es eben so, wie es damals gekommen ist.

Ich beobachte seit meiner Kindheit – ich denke, so ungefähr seit der Zeit täglichen Religionsunterrichts an der katholischen Volksschule Sonnborn – den Beginn und den Verlauf von Niederschlagsperioden sehr genau und sehr besorgt. Die oben zitierte und oft in solchen Situationen gehörte Bemerkung „Wenn es sich mal nicht einregnet!" lässt mich jedes Mal erschaudern und der sehr häufige, meist am zweiten oder dritten Tag einer Regenperiode und meist einfach gedankenlos dahin geworfene Satz „Es scheint ja überhaupt nicht mehr aufzuhören!“ versetzt mich jedes Mal in eine gewisse Panik, die nicht gerade geringer wird, wenn ich routinemäßig in Gedanken alle Verwandten/Freunde/Bekannten durchgehe und regelmäßig zu dem ernüchternden Ergebnis komme, dass wohl keinem von ihnen die Noah-Rolle in Sintflut 2 zugedacht ist.

Ich versuche, mich von dieser latenten Angst abzulenken und hole, nachdem ich Socken und T-Shirt gewechselt habe, mein Kazoo aus der Lenkertasche und blase den *Twin Town Blues*.
Eine phantastische Akustik hier im Tunnel!

Gertrud und Bettina haben ihre Instrumente auch griffbereit, stellen sich swingend neben mich und unterlegen meine Melodie sehr einfühlsam mit einer Rhythmusbegleitung.
Die Dame mit der verdorbenen Dauerwelle zuckt nur kurz zusammen, als wenige Sekunden später weitere vier, fünf, sechs, sieben Kazoo-Stimmen dazu kommen.
Ein richtig toller, voller, fetter Sound erfüllt die Höhle.

Der RABO-BANK-Mann scheint auch begeistert zu sein und bedient rhythmisch seine Rennrad-Klingel, stellt seinen gut gemeinten Beitrag jedoch sehr bald ehrfürchtig ein, als Luzias Stimme ertönt.
Mit einer Stimme, die an die frühe Joan Baez erinnert, singt Luzia den *Twin Town Blues*.

Nicht nur akustisch, auch optisch ist die Situation absolut surreal. Luzia hat beim Singen den Kopf zurück in den Nacken gelegt. Ihre wirren blonden Locken sind nass und verklebt und in der Hand ihres angewinkelten linken Arms hält sie einen Apfel vor der Brust. Im Kreis um sie herum 15 Kazoo-Spieler, die sich zurücknehmen und den Gesang nur leise begleiten.

Das alles im schummrigen Halbdunkel eines schmutzigen, pfützigen Straßentunnels! Holländische Meister würden die Szene bestimmt sofort skizziert und daraus ein allegorisches Gemälde geschaffen haben. „Eva vor der zweiten Sintflut“ oder „Die heilige Luzia spendet den nassen Pilgern Trost“.

Als Luzia mit den drei Strophen *Twin Town Blues* durch ist und beginnt, ganz profan ihren Apfel zu verzehren, improvisieren wir anderen – berauscht von der wirklich einzigartigen Akustik des Tunnels – noch ein Viertelstündchen weiter. Dann applaudieren wir uns selbst lang und anhaltend.
Auch die beiden holländischen Frauen sind ergriffen, wischen sich ein paar Tränen der Rührung aus den Augen.
Sie klatschen mit und freuen sich.
Ebenso der RABO-BANK-Rennradfahrer, während die beiden Moped-Männer trotz des weiterhin strömenden Regens den Tunnel in Richtung Beesd verlassen.
Wahrscheinlich verzichten sie jetzt auf den Joe-Cocker-Konzert-Besuch und haben es eilig, ihren Kumpels zu berichten, dass es musikalisch derzeit möglicherweise noch Besseres im Land der Linge gibt.

Gouda

Abend in Gouda.
Fünf Minuten nach acht.
Plötzlich ist alles anders.
Die schwerelose Ferienfreude ist mit einem Mal weg.

Acht große Ziffern lassen mich erschaudern.
Sie leuchten von einem Haus aus dem sechzehnten oder siebzehnten Jahrhundert herab und dominieren den kleinen Platz, der sich an den großen historischen Markt von Gouda anschließt:

1-6-6-8-8-6-0-0
Blutrot und groß.
16-689-585.
Unübersehbar, bedrohlich!

SECHZEHNMILLIONESECHSHUNDERTNEUNUNDACHTZIG-TAUSENDFÜNFHUNDERTUNDFÜNFUNDACHTZIG.

16.689.570
Ich stehe wie angenagelt.

16.689.555
Alle paar Sekunden erneuert sich die Anzeige.
Eine um 15 kleinere Zahl wird angezeigt.

16.689.540
„Es ist eine Uhr", stellt jemand fest.

16.689.525
„Es sind Sekunden! Die Uhr läuft ab!"
Wir flüstern.

16.689.510
16.689.495
Tatsächlich – es ist eine Uhr.

16.689.480
„Was ist bei Null?“
16.689.465
16.689.450
Ich friere.

16.689.435
„W a n n ist Null?“

Herbert weiß es:
„Jahrtausendwende gleich Null.“

Genau! – Das ist es!
Eine Sekundenuhr, eine Jahrhundertuhr, die Milleniumsuhr.
„Noch 16.689.420 Sekunden bis Neujahr!“, rufen wir uns zu.
Aber da springen die Ziffern schon wieder um.
Nur noch 16.689.405 Sekunden.
Nur noch 16.689.390.
Nur noch 16.689.375.
Wir rechnen.

Wann wird es so weit sein, dass sich die viertletzte Ziffer verändert?
In 375, nein in 360, jetzt schon in 345 Sekunden. Das macht – Moment – knapp sechs Minuten.
Jetzt nur noch fünfeinhalb.
Ich rechne.
Wann wird es so weit sein, dass sich die fünftletzte Zahl verändert?
Mir wird schwindelig.

Wo stand die Uhr, als wir in Barmen gestartet sind?

Bei 17 Millionen oder so, schätze ich.
Wo stand die Uhr, als ich zuletzt in Gouda war – zu Ostern irgendwann Anfang der Achtziger – mit Gordana und Björn?
Bei ca. 450 Millionen, schätze ich!
Auf meinen Schultern sitzend schilderte Björn mir ausgiebig den Krieg der Sterne, zumindest all das, was seine Kindergartenkollegen ihm davon berichtet hatten und während wir durch die alten Gassen gingen, trippelten die Aktionsfiguren Luke Skywalker und Han Solo über meinen Kopf bzw. suchten in meinem Haar Schutz vor Darth Vader und anderen bedrohlichen Übelmännern.

Und so ungefähr 700 oder 800 Millionen Sekunden vor Jahrtausendschluss waren es, als ich zum allerersten Mal in Gouda war.

Es war der 30. April 1972. Königinnentag.
Der Tag nach dem historischen 3:1 der deutschen Fußballnationalmannschaft in Wembley.
Auf Goudas Markt war Kirmes. Die Stadt voller Musik. Die Kneipen übervoll.
Mit Annette saß ich auf den Treppenstufen vor einem Café.
Wir tranken öligen Zitronen-Genever, freuten uns auf den Mai und diskutierten die finanzstrategische Frage: „Pommes-Majo und Übernachtung in einer Pension“ oder „Komplett-Menü im Chinapalast und Übernachtung im VW-Variant“.
Zeit spielte keine Rolle.
Gegenseitig schwärmten wir uns unter Beachtung aller Details stundenlang die Freuden beider Varianten vor.
Zeit spielte nämlich ü b e r h a u p t keine Rolle.

Die endgültige Entscheidung für die 37-teilige indonesische Reistafel fiel irgendwann im Laufe des Abends – ich glaube durch Münzwurf – und wir bereuten sie nicht.
Nach dem durchlachten Essen nahmen wir noch ein, zwei Gin-Tonic, fuhren den schalke-blauen VW-Variant irgendwo zwi-

schen Gouda und Stolwijk in die Felder, klappten die Rückbank um und schliefen zusammen in meinem Schlafsack auf der verlängerten VW-Variant-Ladefläche.
An irgendeine Jahrtausendwende dachten wir so wenig wie an das Jüngste Gericht.
Und als der Morgen des 1. Mai kam, lachten wir immer noch.
Das geschah vor mehr als der Hälfte meines Lebens.

Was zeigte die Uhr an, als mein Leben begann?
Circa eineinhalb oder zwei Milliarden?
Kann sein.
Und dann sind sie runtergetickt, die eineinhalb oder zwei Milliarden.
Im 15er-Rhythmus.
Und ich habe unter der Uhr gestanden, den Kopf im Nacken, die Hände in den Taschen und habe zugeguckt.

16.688.985
16.688.970
16.888.955
16.688.940

Panik packt mich.
Weg hier!
Zum großen Markt.
Mit zitternden kalten Fingern drehe ich mir eine Zigarette, zünde sie an, blicke zurück: 16.688790.

Und ich werfe die dünne Van-Nelle nach zwei oder drei Zügen weg.
Irgendwo läuft eine andere Uhr ab, auf der die „0“ meine Todessekunde ist. In meinem Kopf rast der Text des Savatage-Songs *Believe* ab.
Von links nach rechts auf einem Textband wie bei NTV.
Im Hintergrund die blutroten Ziffern einer Digitaluhr.
75 – 60 – 45 – 30 – 15 – 0 !

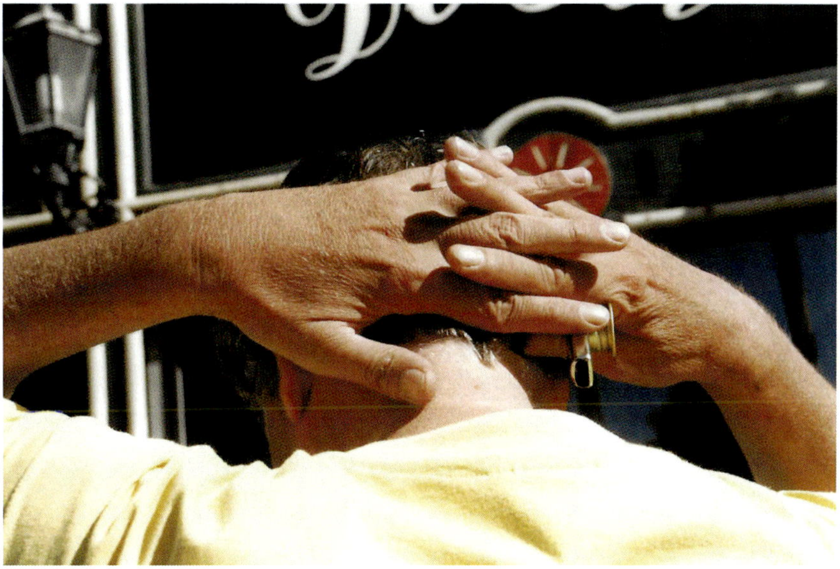

Die anderen sind nachgekommen.
Sie plappern verschiedene Themen durch, als wir auf dem Marktplatz stehen und in meinem Kopf immer noch das Textband läuft.

Zum Abendessen gehen wir zum Chinesen.
Ich bestelle erstmal einen Zitronen-Genever. – Prost Annette!
Ich reiße ein paar zweitklassige Witze. – Die anderen schütten sich trotzdem aus vor Lachen und ich lache mit.
Und ich lache mir die Panik weg.

Nach dem zweiten Genever gelingt es mir, in holländischer Sprache für alle zu bestellen, die Kellnerin zum Lachen zu bringen, gemeinsam mit Herbert die sprachgeschichtliche Herkunft chinesischer Worte zu analysieren, mit einer kleinen Anekdote sogar Ulrike zum Kichern und Lothar zum Schmunzeln zu bringen, und die bestellten Hauptgerichte so auf meine Freunde zu verteilen, dass keiner das von ihm gewünschte bekommt.

Berauscht von chinesischem Wein und einem abschließenden Gin-Tonic – Prost Annette! Warst Du jemals wieder beim Chinesen in Gouda und wenn ja, hast du „Prost Michel“ gesagt? – sowie einem vom Haus gesponserten Reisschnaps packt mich der rote Digital-Uhr-Ziffern-Horror erst wieder, als wir lärmend das Lokal verlassen. Alleine wähle ich einen anderen Rückweg, umgehe die Milleniumsuhr und treffe meine Freunde erst vor dem Hotel wieder.

Herbert kann heute gut einschlafen.
Auch er hat gut und viel getrunken, vor allem aber stört ihn nicht mein Schnarchen, denn ich liege noch stundenlang wach und denke an die Uhr und die wegtickenden Sekunden.
Es wird schon hell, als es mir endlich gelingt, nicht mehr an vergangene Zeiten und nicht an das Ende, sondern nur noch an Heute zu denken.

Und heute?
Heute war der Tag, an dem ich gelacht habe, wie schon lange nicht mehr, als Herbert anschließend an Luzias *Twin Town Blues* seine englische Umdichtung des Wuppertaler Liedes vom *Anton von der Gathe* präsentierte und wir den schrecklich-herrlichen Autobahntunnel erst verließen, als bereits der nächste Regenschauer begonnen hatte. Zwischendurch schien schon mal die Sonne, aber es war einfach zu gut beim Unter-der-Autobahn-Konzert.

Heute war der Tag, an dem ich in Barbaras Augen nicht mehr nur Spott, sondern auch Sympathie sah, als wir im kleinen Café am Leerdamer Hafen Leerdamer Käse aßen, und ich bemerkte, dass ich mich darüber freute.

Heute war der Tag, an dem ich meinen Körper spürte, mir jedes einzelnen Muskels bewusst war, als wir bei sanftem Rückenwind auf dem Lek-Deich mit Höchstgeschwindigkeit von Ameide Richtung Südwest flogen und ich mich so leicht fühlte wie die Möwen, die sich vom Seewind treiben ließen und uns begleiteten.

Heute war der Tag, an dem ich durch die Straßen von Schoonhoven ging, mir jede Ecke, jede Brücke, jedes Haus, ja sogar die Hexenwaage aus dunklen Zeiten bekannt, vertraut war, ich mich jedoch nicht erinnern konnte oder wollte, wann und mit wem ich hier war.

Und morgen ist ein neuer Tag, auf den ich mich freue.

Fields of Gold

Ich habe kaum zwei Stunden geschlafen, ziemlich wenig für jemanden, der heute wieder 70 Kilometer radfahren und der Endorphin-Grenze somit nahe kommen wird.
Aber ich fühle mich eigentlich gut, als ich um sechs Uhr leise aufstehe, mich anziehe und durch das leere Gouda gehe.
Auf den Stufen eines alten Hauses sitzend höre ich auf meinem Walkman *Believe* und starre auf die Milleniumsuhr: 16.652.260.

Nach *Believe* kommt *When The Crowds Are Gone.*
Ich löse den Blick von der Uhr und beschließe, die Stunde, den Tag, den Rest des 20. Jahrhunderts und überhaupt, die Zeit, die mir noch bleibt, zu nutzen.

Ich gehe los, will Gouda neu entdecken, leihe mir eine Zeitung *Het Parool* aus einem Briefkasten, lese Wetterbericht, Sportteil, Horoskop und Familienanzeigen im Stehen und stecke die Zeitung anständig gefaltet wieder in den Kasten.

Ich entschließe mich – es ist kühl an diesem grauen Morgen – zu einem wärmenden kleinen Lauf entlang einer kleinen gewundenen Gracht. Ich bin nach 200 Metern überrascht und erfreut, dass es mit dem Joggen ganz gut klappt.

In der ersten Kurve verliere ich meinen Kopfhörer – während immer noch Savatage und *In A Summer's Rain* läuft – und trete, als ich mich nach dem Kopfhörer bücke, voll in einen großen, saftigen Hundehaufen. Ich komme zu dem Entschluss, mir dadurch nicht den Tag verderben zu lassen und unter gar keinen Umständen wieder depressiv zu werden, bade stattdessen meine verkackten Turnschuhe am Rande der Gracht sitzend in dunkelgrüner Grachtenbrühe, lache, würde gerne jemandem ein Gespräch aufzwingen, aber niemand ist weit und breit zu sehen.

Ich laufe wieder los.
Ich kaufe mir bei einem Bäcker ein Hörnchen, esse im Laufen, bleibe ganz plötzlich stehen und stelle mir die Frage, was mich eigentlich dazu bringt, in aller Herrgottsfrühe alleine durch Gouda zu laufen.
Ich verdränge die Frage und trabe weiter, höre von Ferne das Glockenspiel des Rathauses und erinnere mich, dass sich dabei am Rathausturm Puppen bewegen.
Ich ändere die Richtung, erreiche atemlos den Marktplatz.
– Das Glockenspiel ist vorbei. –

Ich setze mich auf die große Tribüne, die den Platz gröblichst verschandelt, um dem Touristen einen besseren Überblick über die Aktivitäten des wöchentlich ein- oder zweimal abgehaltenen Käsemarktes zu geben. Die neuerlich auftretende Frage: „Warum in aller Welt bin ich jetzt hier und nicht mit meiner Familie irgendwo in der Provence oder im Perigord oder sonst wo?“, kann ich nicht ganz verdrängen.
Ich komme langsam zu Atem, aber beantworte die bohrende Frage nicht. „Zur Strafe“ fällt mir die Uhr wieder ein.
Ich laufe wieder los.

Im Walkman läuft weiterhin meine bunte Mischung.
Ich möchte zum Bahnhof laufen, zurückfahren, neu anfangen, kehre aber zum Markt zurück.
Das Rathausglockenspiel sagt mir: „Halb acht.“
Während *Child in Time* von Deep Purple und den zwei anschließenden Hendrix-Stücken sitze ich wieder alleine auf der Tribüne und versuche, mich und mein Leben zu verstehen.
Ich schalte abrupt das Gerät aus, als Stings *Fields of Gold* beginnt.
„Um Gottes Willen – nicht das – nicht jetzt!“

Zeit fürs Frühstück.
Ich schlendere zum Hotel.

Ein paar Stunden später treffen mich verschiedene unangenehme Phänomene und sie treffen mich alle auf einmal.

Erstens: Mich quält ein geradezu irrsinniger Durst.

Auf dem Marktplatz von Delft, dort, wo wir unsere Mittagspause gemacht haben, kam ich am Fischwagen einfach nicht vorbei. Als – zumindest immer dann, wenn ich mich in Holland aufhalte, bin ich es – latenter Matjes-Junkie habe ich zwei stolze Fische mit einem Brötchen und einer Ladung Zwiebel verzehrt und anschließend eben nicht die leeren Trinkflaschen gefüllt, sondern mit Wolfgang ein recht anhörbares Kazoo-Konzert gegeben. Zunächst den *Twin Town Blues* ohne Gesang, ziemlich bluesig, anschließend den *Boxer* von Simon & Garfunkel mit schönen Crescendi und guten Ansätzen zur Zweistimmigkeit, danach *The Long and Winding Road* von Lennon/McCartney und als Solo-Zugabe noch das *Klavierkonzert Nr. 1* von Peter Tschaikowsky – mit einiger Sicherheit heute zum 1. Mal auf Kazoo interpretiert. Weltpremiere auf dem historischen Marktplatz von Delft am Denkmal von Hugo Grotius, dem Begründer der Völkerrechtslehre. Das hauptsächlich aus Touristen bestehende Marktpublikum war, wie ich glaube, nicht ganz unbeeindruckt. Eine japanische Gruppe machte auch eine Menge fotografischer Aufnahmen. Wie auch immer: Plötzlicher Aufbruch – raus aus Delft, schnell-schnell, das Schiff nach England wartet nicht. Und das ohne einen Tropfen Wasser!

Schon kurz nach der kurzen Fährüberfahrt über den Nieuwen Waterweg, der Rotterdam mit der Nordsee verbindet, sind meine Mundschleimhäute trocken wie Schmirgelpapier, die Augen treten vor den Kopf und ich habe Visionen vom Rutenbecker Hof und großen Maßkrügen mit kühlem Bier und dickem fettem Schaum drauf.

Zweitens: Es kommt und kommt kein Endorphin!
Obwohl 73, jetzt fast 74 Kilometer und die hinlänglich bekannten Hin- und-Her-Diskussionen zwischen Kopf und Körper – „Ich hör jetzt auf zu fahren“, „Fahr gefälligst weiter“, „Ich hab genug“, „Stell dich nicht an“, usw. usw. – hinter mir liegen, kommt einfach kein Endorphin und versetzt mich in den magischen Zustand der Schwerelosigkeit.
Ich werde matt und matter.

Jede Umdrehung der Pedale wird zur Qual.

Drittens: Ich bin auf einmal vollkommen alleine.
Lothar und Ulrike, Jürgen und Bettina, dann auch Ella und Gertrud, in deren Windschatten ich mich eben noch durch Roozenburg und die irrsinnig gewundenen Auf- und Zu- und An- und Abfahrten zum Radweg entlang der Schnellstraße Richtung Europoort und Nordsee schleppte, sind mir davongefahren, plötzlich weit vorne im diffusen abgasgeschwängerten Licht der trüben Nachmittagssonne am Horizont verschwunden.
Auch hinter mir ist keiner aus der *Green-Route*-Gruppe zu sehen.
Es ist deprimierend.
Alleine im fürchterlichen Hafengebiet von Rotterdam!
Rechts und links Dutzende von Riesentanks, in denen Millionen um Millionen Barrels mit Rohöl lagern.
„Esso“.
Noch ein „Esso“.
Noch einer und noch einer.
Noch 100 Tritte bis „BP“.
Noch 500 Meter bis zum ersten „Elf“-Tank.
Wie viele Tritte brauche ich bis zum zweiten?
Immer noch keine Endorphin-Ausschüttung beim dritten „Elf“.
Wie weit ist es noch bis „Shell“?
Beim dritten „Shell“-Monstertank beschließe ich – vor mir kein Mitfahrer zu sehen, von hinten kommt auch keiner – maximal bis zum zweiten „Agip“ zu fahren und dann einfach Pause zu machen.
Noch vor dem ersten „Agip“ steige ich ab, stelle das Rad an einen Mast, lege mich auf das dürftige von Seewind, Auspuffgasen und Raffineriegiften geknechtete Gras, bringe es nicht fertig, eine Van-Nelle zu drehen, weil einfach keine Spucke mehr da ist, und stehe kurz vor dem Kollaps.
Entspannen!
Walkman!
Musik!

Das Tape startet da, wo ich es vor unendlich langer Zeit hörte, heute Morgen in Gouda. Als ich auf dem Marktplatz saß, auf dem Platz mit den vielen schönen Kneipen, vor denen Kisten mit Seven Up und Sinas und Tonicwater und Mineralwasser und Cola und Apfelschorle und Heineken und Amstel pyramidenhaft aufgestapelt standen.
Das Tape startet mit Stings *Fields of Gold.*
Ich starre in den milchig-trüben Himmel, sehe drei Flugzeuge, mehrere Möwen. Vielleicht schon Halluzinationen.
Ausgerechnet *Fields of Gold.*
Zu diesem eigentlich banalen, eigentlich unbedeutenden Song verbindet mich eine eigenartige, eine geheimnisvolle Beziehung.

Vor einigen Jahren wurde die Stadtverwaltung einer radikalen Umorganisation unterzogen. Kundenorientierter, kostenorientierter, effizienter zu werden, war das Ziel der Reform. Mein Amt für Umweltschutz wurde aufgelöst bzw. mit dem Garten- und Forstamt fusioniert und sollte von nun an Ressort für Umwelt, Grünflächen und Forsten heißen. Zum Abschied gab's ein Fest im Kellergewölbe des Engelshauses.
Ein Abschiedsfest mit Speis und Trank.
Good-bye Umweltamt.

Das Kulturprogramm der Farewell-Party bestritt zu einem wesentlichen Teil unser Praktikant Martin B. Das Licht wurde gelöscht, stockdunkel war's im Engelskeller und Martin jonglierte mit drei gelb-fluoreszierenden Bällen. Sehr schön, sehr eindrucksvoll, auch weil dem guten Praktikanten fast jedes zweite Kunststück gelang und die runter fallenden und zwischen die Füße der Amtsmitglieder kullernden Bälle relativ schnell wiedergefunden werden konnten. Sie leuchteten ja hübsch gelb – genau das Richtige für ein „Ende-des-Umweltamtes-Fest".
Dazu gab's irgendeine leichte Musikuntermalung.
Als unter dem frenetischen Beifall der Belegschaft das Licht wieder anging, die Nummer vorbei war, kullerten mir dicke Tränen die Wangen hinunter.

Ich heulte.
Vollkommen unbegründet.
So schlecht, also zum Weinen, war die Show ja nun wirklich nicht gewesen. Trauer über das Ende einer Organisationseinheit konnte es ja wohl auch nicht sein. Und ob ich mich – wie bisher – mit „Michael Lutz im Amt für Umweltschutz“ oder fortan mit „MichaelLutzRessortUmweltGrünflächenUNDForsten“ am Telefon meldete, war ja nun auch nicht traurig, war mir sozusagen gleichgültig.
Und *last but not least*:
Ich hatte gerade mal ein oder zwei Gläschen Rotwein zum guten Essen genossen.– Also „Säufertränen“ konnten es ja wohl auch nicht sein.
Ein beunruhigendes Phänomen, irgendwie seltsam so einfach mir-nichts-dir-nichts grund- und sinn- und zwecklos loszuflennen.
Aber irgendwann habe ich aufgehört, darüber nachzudenken.
Irgendwann hatte ich es vergessen.

Gut zwei Jahre später organisierten Ingrid und ich das alljährliche Jahresabschlussfest für unsere 8 - 14 Jahre alten Umwelt-Spürnasen-Kinder. Kuchen und Kakao und Verleihung der Umwelt-Spürnasen-Diplome für Umwelt-Spürnasen-Kinder, die an mindestens soundsoviel Umwelt-Spürnasen-Aktionen wie „Kröten retten“, „Quellen finden“, „Nistkästen bauen“ und „Springschwänzen auflauern“ teilgenommen hatten.
Diplomverleihung durch den Oberbürgermeister persönlich.
Pressefotografen am Start.
Und im Umwelt-Spürnasen-Kinder-Belustigungsprogramm:
Martin B., Ex-Praktikant mit durchsichtigen Zaubertricks und als Zugabe die Verdunkelungs-drei-gelbe-Leuchtbälle-Jonglage.
Dazu eine leise Musikuntermalung aus dem Ghetto-Blaster.
Alles wie gehabt.
Martin ging die Nummer mit gewohnt grenzenlosem Selbstvertrauen und Zuversicht an. Die Umwelt-Spürnasen knallten mit

den Köpfen zusammen bei der Suche nach den herunter gefallenen Bällen.
Freundlicher Applaus am Ende.
Aus. Licht an.
Und ich heule!

Nach der Vorstellung lief ich dem Jongleur nach, ließ Ingrid mit dem allmählich ausufernden Spürnasenfest im Stich.
Am Rathaus-Paternoster suchten wir gemeinsam nach der Lösung. „Martin, halt mal, Martin, hör mal, Martin, immer wenn Du jonglierst, muss ich weinen!“
„Du, Milu, hör zu: ich mach’s für die Kinder! Und für dich! Und du weißt, das Honorar gebe ich KOMPLETT der Bosnienhilfe. Milu, du weißt das! Du kannst aber von mir aus auch einen anderen engagieren!“
„Martin, versteh mich nicht falsch. Du bist gut. Du bist Klasse! Martin, du weißt das, du bist der Beste! Aber trotzdem: Wenn du mit diesen gelben Bällen jonglierst, fang ich an zu heulen. Wie kommt das?“
„Milu, du solltest mal Urlaub machen.“
„Mensch, Martin – irgendwas bringt mich dazu. Gut, ich heule gern. Bei jeder Gelegenheit, die auch nur halbwegs dazu angetan ist. Aber bei Zauberern und Jongleuren nie. Nie! Nur bei dir!“
„Milu, ich müsste jetzt gehen!“
„Irgendworan muss es doch liegen!?“
„Milu – mach’s gut. Die Kontonummer der Bosnienhilfe hast du ja, oder? Tschüss Milu, und, ach ja, halt! Wo ist mein *Fields of Gold*-Band?“

Das war’s!
Die Musik!
Ich bekam noch am gleichen Abend Gewissheit:
Fields of Gold bringt mich zum Heulen.
Aus welchem Grund ist mir bis heute unklar.

Irgendeine Stimmung, vielleicht irgendeine Tonfolge, irgendein Akkord, der an irgendetwas erinnert, irgendetwas in mir anklingen und die Tränendrüsen anspringen lässt.
Geheimnisvoll.

Zwischen den Schweröltanks, umgeben vom Gedröhne der Lastwagen, die in unendlicher Kette von oder zum Rotterdamer Hafen fahren, liege ich im Gras und höre *Fields of Gold.*
Heute kommen keine Tränen.
Bedenklich! – Vermutlich bin ich schon ausgetrocknet.
Mit ungleichmäßigem Tempo lege ich alleine die letzten vier, fünf endlosen Kilometer zurück.
Alleine mit mir, in einer surrealen Umgebung.

Am Fährhafen trinke ich Bettinas Flasche, die sie mir reicht, langsam und gründlich leer und blicke an den Kränen vorbei auf die Nordsee. Ich spule das Band zurück, lege die Kopfhörer an, höre den Sting-Song und heule ein bisschen.
Nur so.

Nordsee

Nach der langen Fahrt alleine mit mir macht mich das plötzliche Gewusel an Bord des Fährhotels schwindelig.

In großer Eile schieben sich die Passagiere mit dickem Gepäck und flackerndem Blick von den verschiedenen Autodecks in die sehr engen Kabinengänge, kollidieren dabei häufig mit Entgegenkommenden. Ursprünglich zusammen gehörende und zusammen hastende Paare, Clubs, Familien, Vereine, Klassen und Kirchengemeindegruppen werden bei diesen Zusammenstößen, bei denen Koffer, Taschen und Beutel den Händen entgleiten, mitunter getrennt. Die Getrennten klauben ihre Ausrüstung behende zusammen und hasten von einem durch nichts in der Welt zu bremsenden Eifer beseelt weiter durch die Korridorsysteme und brüllen sich dabei – obwohl eigentlich nur wenige Meter voneinander entfernt – in Maximallautstärke komplizierte Buchstaben-Zahlenkombinationen wie „C-681“ oder „B-707“ oder „D-23 außen“ zu.

Zunächst glaube ich, es handele sich um eine mobile Variante des Spieles „Schiffe versenken“, was ich eigentlich recht unpassend fände, oder um eine lustige Form irgendeiner Schatzsuche, die möglicherweise als eine Art Kennenlern-Spiel von der Reederei veranstaltet wird.
Bald komme ich aber dahinter, dass es sich bei den rumgebrüllten „C-681“ und „B-54“ um die Bezeichnung der vorgebuchten Schlafkabinen handeln muss. Alles passiert in hektischer Eile.

Es ist kein Spiel. – Es ist bitterer Ernst.

Vermutlich ist jede Kabine vier- bis fünfmal vermietet worden und nur, wer als erster C-681 oder B-45 findet, gewinnt das Wettrennen um eine Koje. Was mit den unglücklichen Verlierern passiert, wag ich mir kaum auszudenken. Vielleicht „Maschinenraum-innen“ oder „Rettungsboot 7-backboard“ oder „Alle-die-keine-Schlafmöglichkeit-gefunden-haben-verlassen-bitte-sofort-das-Schiff-wir-danken-für-Ihren-Besuch-auf-Wiedersehen-good-bye-tot-ziens.“

Kreischende Schulklassen auf Abschlussfahrt stürmen die Treppen rauf und runter und wecken lebhafte Erinnerungen an das letzte Drittel des Films *Titanic*. Familien mit meist plärrenden Kindern bilden Schlangen an den Ausgabeschaltern der Caféterias. Fernfahrer bringen sich an den Bars in Poleposition und stehen dabei in puncto Lautstärke den *Titanic*-Komparsen nur wenig nach.

Permanent sich wiederholende weibliche Lautsprecherdurchsagen untermalen in einem unpassend-nörgelnden Tonfall das Chaos akustisch. Sie weisen in drei Sprachen auf die Attraktionen des Abends, die Kinoprogramme an Bord, die Öffnungszeiten der verschiedenen Shops und deren aktuelle Sonderangebote, die Vorzüge der diversen Restaurants, die Sicherheitsbestimmungen an Bord, die Wetterlage, die Innen- und Außentemperaturen hier, da und dort sowie auf ähnlich Wissenswertes hin.

Wenn die Ansagerin mal eine kleine Ansagepause macht: Musikberieselung der übelsten Kategorie.
So etwas wie „James Last".
So ähnlich wie in Reisebussen, die zur „Drei-Täler-Flussfahrt" oder zur „Postillons-Tour ins Blaue" starten.
Nervend!

Mittelschwer verwirrt stehe ich an der Treppe zum B-Deck.
Ich stelle fest, dass die vielfältigen Informationen der lästigen Lautsprecherdurchsagen fast zeitsynchron über die vielen Monitore, die hier im Treppenhausbereich des B-Decks reichhaltig vorhanden sind, auch visuell aufgenommen werden können.
Eine ziemliche Reizüberflutung.

Immerhin gehöre ich zu den glücklichen Gewinnern einer schönen Kabine. Als Trophäe überreicht man mir eine hübsche Plastiksteckkarte, die mir nicht nur das Schloss von „B-214-außen" öffnet, sondern auch den Zugang zu allen Bordrestaurants und dem Duty-free-Shop ermöglicht.

Eine junge Mutter fragt mich nach Kabine C-681.
„Tut mir leid – keine Ahnung – vermutlich eine Treppe tiefer."
Ein Mann mit Riesen-Rucksack erkundigt sich nach den Toiletten.
„Sie stehen davor, Sir!" – „Thank you, Sir!" – „Don't mention it, Sir!"

Inzwischen werde ich als kompetente Auskunftsperson betrachtet und anerkannt, was in erster Linie daran liegt, dass ich an einer Stelle stehe, wo man als Auskunftsuchender einen Auskunftgebenden vermuten würde. Was auch daran liegt, dass ich durch das massive Audio- und Video-Bombardement minütlich schlauer werde und man mir das ansieht. Was aber auch daran liegt, dass die hauptamtlichen Stewarts noch immer alle Hände voll mit der komplizierten Aufgabe zu tun haben, das Spiel „Wir rasen durch die engsten Gänge" zu leiten, den Gewinnern Plastiksteckkarten auszuhändigen und die enttäuschten Verlierer links liegen zu lassen.

Ich weise einem älteren Ehepaar mit schwäbischem Dialekt den Weg zum Einkaufsladen. „Hat aber leider noch geschlossen, öffnet erst bei Ablegen des Schiffes!" – Beinahe hätte ich gesagt: „W i r öffnen erst bei Ablegen".

Ich tröste einen ca. 6-jährigen verloren gegangenen Jungen, dessen Eltern die Fürsorgepflicht für ihr Kind beim lustigen Kabinen-Ralley-Spiel aufgegeben oder zumindest zunächst mal in Prioritätsstufe 2 zurück versetzt haben.

Ich erkläre einer noch verwirrter als ich scheinenden Mitreisenden, was man so alles mit der Plastiksteckkarte „C-681" machen kann, gebe einer Gruppe Teenies darüber Auskunft, wann die Disco beginnt, verweise eine andere Gruppe, die sich für die angebotenen Kino-Filme interessiert, an die entsprechenden Lautsprecher-Durchsagen und nehme mit den Worten „Dafür bin ich doch da!" den warmen Dank der Eltern entgegen, die mit einer Plastiksteckkarte „B 228-außen" in der Hand ihren Sechsjährigen wieder in den Familienverband aufnehmen.

Eine holländische Dame lässt sich von mir erklären, warum die zwei Uhren gegenüber zwei verschiedene Uhrzeiten zeigen und ich bin stolz darauf, die „Greenwich-Time“ „Greenwich-Time“ benennen zu können, obwohl über der Uhr „UK“ steht.

Eine andere holländische Dame spricht mich auf Englisch an und erkundigt sich, wo man denn hier wohl rauchen dürfe.
„No idea“, entgegne ich und will ihr damit deutlich machen, dass ich keine Ahnung habe.
Aber die Frau hat mich auf eine gute Idee gebracht.
Wäre Heinz an Bord, hätte er mich schon längst mit seiner Standard-Redensart „Wirklich ein schöner Tag, wirklich ein klasse Schiff, aber, wenn du mich fragst: Meines Erachtens wird hier zu wenig geraucht“ an unser Laster erinnert.

Ich lasse die sich inzwischen gebildete Schlange von Auskunftsuchenden schnöde stehen, deute mit einem gemurmelten „Sorry!“ und bedauernder Mimik an, dass ich – weiß Gott – noch andere Pflichten an Bord habe, finde bald eine gute Rauchmöglichkeit auf Achterdeck C – draußen – haushoch über den Hafenanlagen und fummele behindert von einer recht frischen Brise aus den letzten Krümeln eine Van-Nelle-Zwaar zusammen.

Jürgen gesellt sich zu mir und hält mir einen ca. 90-minütigen Einführungsvortrag in die Historie, Technik und die vielfältigen sonstigen Aspekte der christlichen Seefahrt.
Jürgen ist, wie ich erst hier und jetzt erfahre, ein absoluter Fachmann auf diesem Gebiet. Offensichtlich noch vor dem Radfahren und dem Kazoospielen ist das Segeln seine liebste Freizeit- und Ferienbeschäftigung.
Er weiß definitiv alles über Schiffstypen, -größen, -signale, -geschwindigkeiten, -beflaggung und und und.

So jemanden wie Jürgen hätte ich mir damals bei meinem friesischen Segelkurs gewünscht. Nichts gegen Tamara und ihre unzweifelhaft vorhandenen nautischen Kenntnisse.
Aber: dass mir damals zwar nach einigen Tagen Theorie und Praxis „back-“ und „steuerbord“ für „links“ und „rechts“ geläufig waren, war schlicht zu wenig und muss – ich will ihr wirklich nicht zu nahe treten – nicht nur an meiner Unkonzentriertheit und meinem zugegebenermaßen größeren Interesse an ihr als Person als am Segelsport an sich, sondern mit Sicherheit auch an ihren leicht unterentwickelten didaktischen Fähigkeiten gelegen haben.

Was „Luv“ und was „Lee“ – tagelang glaubte ich, es seinen Synonyme für „backbord“ und „steuerbord“ – ist, da wird mir jeder Fachmann Recht geben, ist zumindest beim Segeln relativ wichtig. Das war mir spätestens klar, als ich bei einer „Halse“ – was immer das auch ist – auf dem Sneeker Meer den Mastbaum frontal vor die Stirn bekam, allerspätestens, als ich auf dem Tjeukemeer mal ganz nötig pinkeln musste, Tamara sich weigerte, nur deswegen anzulegen, aber mir dringend riet, es „an Lee“ – oder war es doch „an Luv“?? – zu erledigen.
Jedenfalls hatte ich es verwechselt.

Oder:
Es wäre meines Erachtens wichtig gewesen, mich darüber aufzuklären, an welcher Schiffseite des Nachts ein rotes und an welcher Seite ein grünes Licht gesetzt wird. Jedenfalls bevor ich damit betraut wurde, bei schönem „achterlichen Wind“ jedoch in dunkler Nacht unsere kleine Jolle über die von jedem Seefahrer gefürchtete Lauwersee zu steuern.
Alleine.
Ich.
Während Kapitänin und die zwei anderen Besatzungsmitglieder – vom gefürchteten Vruchtenwein „Andalino“ zu 99 Cent die Flasche betäubt – selig schliefen.

Mit dem Wissen „Wo ist grün?“ und „Wo ist rot?“ hätte man nach kurzem Nachdenken nämlich relativ schnell ermitteln können, ob der 3000-Brutto-Register-Tonnen-Frachter in dieser Neumond-Nacht sich von unserem Boot entfernt, oder aber, ob er auf uns zukommt.
Ich verfügte leider nicht über diese wichtige Kenntnis.
Und eine eigene Beleuchtung hatte unsere Jolle auch nicht.
Und Tamara schlief relativ fest.
Und ich musste ausnahmsweise die Pinne loslassen, um sie wachzurütteln.
Und das ließ uns vom Kurs abfallen.
Und da war der „dicke Pott“ schon relativ nah…

Ich hoffe, bei dieser Überfahrt von Rotterdam nach Hull geht auch alles gut. Ich hoffe, das Schiff verfügt über alle vorgeschriebenen Beleuchtungsanlagen, der Kapitän lässt die Finger vom „Andalino-Vruchtenwein“, die Besatzung ist hellwach und liegt nicht gemischtgeschlechtlich zu zweit in einem Schlafsack.

Mein letzter Kontrollblick zeigt, als wir den langen Ausfahrtkanal des Rotterdamer Hafens verlassen, Hoek von Holland querab steuerbord passieren und Kurs „West-Nord-West“ aufnehmen, eine hundertprozentig eisbergfreie ruhige Nordsee im Abendsonnenschein.

Beruhigt verlassen Jürgen und ich das Aussichtsdeck und wenden uns dem Kapitänsdinner zu.

Castlerigg

Ein halber Mond hinter mir – gelb und groß – macht die Nacht hell.
Schräg hinter mir verblassen die Sterne vor dem neuen Sommermorgen.
Gleitendes Schiff auf spiegelglatter Nordsee.
Links glaube ich, Lichter zu erkennen.
Die Küstenlinie von East Anglia?
Das monotone Geräusch der Schiffsmaschinen.
Das klatschende Aufspritzen der Nordsee, vom mächtigen Bug geteilt.
Keine Musik aus dem Walkman.

In mir klingt die Melodie.

Es ist die gleiche bittersüße Melodie, die in mir klang, als ich im Zentrum des Kreises der großen Steine saß, auf der wie gehobelt glatten Hochfläche zwischen den farnbewachsenen Bergen, hinter denen ich plötzlich die großen Wolken wachsen sah, deren schnelle Schatten die Hügel verzauberten.
Wolken, die ich gerufen hatte.
Und als es still wurde,
als ich nichts mehr hörte
und als ich nichts mehr sah
und die uralten Steine Gestalt annahmen,
als sie alle da waren,
alle im Kreis um mich herum standen und zu mir sprachen,
als die große Ruhe zu mir kam,
als ich plötzlich alles wusste und nicht mehr wissen wollte
und die Kraft und die Klarheit in mir wuchs –
an diesem Herbsttag vor zwei Jahren
war diese Melodie erklungen.

Ich habe die Melodie in mir getragen in den letzten zwei Jahren.
Zuerst war sie klar und stark und deutlich, begleitete mich damals über Cumbrias Berge auf dem Weg von Küste zu Küste und erschien, als ließe sie mich die Dinge klar sehen und ließ mich alle Menschen und mich selbst lieben.
Sie ließ mich glücklich sein.
Ich nahm sie mit übers Meer und sie erfüllte mich.

Dann wurde die Melodie schwächer und leiser.
Sie wurde verdrängt vom Lärm in mir und ihre Botschaft erreichte mich immer seltener.
Manchmal klang sie noch an.
Ab und zu.
Wenn ich in den Himmel sah oder in die Augen eines Kindes.
Und irgendwann verstummte sie, war vergessen.
Zurückgekehrt nach Castlerigg.

Vor ein paar Tagen - hochoben auf dem Hochofen von Duisburg-Meiderich – da hörte ich sie ganz kurz.
Nur einige Klänge.
Als ich sie bemerkte,
war sie schon wieder davon geflogen.

Aber sie gab mir Kraft. – Sie war noch da. – Sie ist noch da.
Und jetzt ist sie wieder bei mir – leise und deutlich und klar.
Und sie zieht mich nach vorne –
durch die See in Richtung Castlerigg.

Beverley

Eine kurze Nacht.
Die frische Luft auf dem Oberdeck macht mich wach.
Wir haben angelegt.

Am Pier im Hafen von Kingston-upon-Hull warten tatsächlich zwei Radler aus unserer Partnerstadt auf uns: John und Andy.
Das ist ja sensationell!
Eine anrührende und herzliche Begrüßung, als wir als allerletzte Passagiere unsere Räder vom Schiff schieben.

John kennen wir.
Er begleitete uns vor zwei Jahren, als es über die C2C-Route von der Irischen See quer durch den englischen Sub-Kontinent bis zur Nordsee ging. Andy ist eine Kollege von John aus der Stadtverwaltung von South Tyneside.
Welcome to England.

Es herrscht halb-typisches Wetter: bedeckt, trübe, jedoch trocken.
Zunächst gibt es eine Lektion: Hier gilt der Linksverkehr.
Rund um die Zufahrt zur Fähre lassen uns John, Andy und Wolfgang ein paar Runden drehen.
Dann raus aus dem Hafengelände.
Der erste Roundabout: Kreisverkehr „falsch herum". — Das ist schon ein bisschen seltsam. Ich halte mich vorsichtshalber im Mittelfeld der Gruppe auf zwischen Lina und Gertrud.
Geplaudert und geplappert wird wenig.
Alle sind voll konzentriert.

Oft über Backstreets – also die schmalen Sträßchen hinter den langen Einfamilienhaus-Reihen – erreichen wir die ersten Randgebiete von Hull. Viele Kinder und Jugendliche verlassen gerade ihre Häuser, deren Vorgärten wesentlich schlichter gestaltet sind als die prächtig gepflegten Rasen- und Blumen-Arrangements der letzten Tage in Holland.

Alle Kinder tragen eine Schuluniform.
Das finde ich großartig.

Während meiner Sonnborner Schulzeit waren wir zwar auch alle ähnlich gekleidet – im Sommer kurze Lederhose, im Winter Cordhose mit Pullover drüber. Irgendwann zum Ende der Schulzeit gab es dann die ersten Jeans. Die hießen aber nicht „Jeans", sondern „Nieten-" oder „Texas-Hosen". Erst als dann auch sogenannte „Parkas" für obenrum auf den Markt kamen, waren auch wir – irgendwie – uniformiert.

Mir fällt auf, dass fast alle Schüler mit einer gewissen Lässigkeit gleiche dünne Mappen tragen.
Ich hatte früher immer einen dicken Tornister auf dem Rücken.
Und das bis zum letzten Schultag!
Bereits in der Mittelstufe stellten meine Kumpels diese Ungetüme für immer weg und transportierten ihren Schulkram in Plastiktüten. Das war absolut cool.
Noch cooler war der bald aufkommende Trend, um die Hefte, Bücher und auch um den *Diercke*-Weltatlas einen Hosen-Gürtel zu schlingen und all dies über die Schulter hängend zu tragen.
Doch das kam für mich alles nicht in Frage: Meine Eltern bestanden – vorgeschoben wurden gesundheitliche Aspekte – auf den Tornister. Irgendwie machte mich das zum Außenseiter.

Im Zentrum von Hull wird eine halbstündige Pause angesagt.
In einem Tea-Room bekomme ich die zweite Lektion dieses Morgens:
Man sollte hier wirklich Tee trinken.
Der bestellte Kaffee macht absolut keinen Spaß.

Ich lasse mir aber die heute sehr gute Laune nicht verderben und reihe mich wieder in die lange Kette meiner Mitfahrerinnen und Mitfahrer ein. Nach wie vor voll konzentriert fahren wir auf einer sehr langen, schnurgeraden Ausfallstraße durch die Stadt.
Keine Gespräche, keine Lieder.

Im Kopf memoriere ich permanent die für die nächste Woche geltenden Leitsätze „LINKS VOR RECHTS“ und „Erst rechts, dann links, dann geradeaus, sonst führt dein Weg ins Krankenhaus.“
Sicherheitshalber präge ich mir auch noch den hier ebenfalls geltenden Spruch ein: „Rot heißt Halt – wir bleiben steh`n. Grün das heißt Hinübergeh`n.“
Habe ich alles vom Verkehrs-Kasper gelernt und profitiere noch heute davon.
Auf jeden Fall mehr als von der Integral- und Differential-Rechnung.

Irgendwann haben wir die Stadt, die – voreiliges Urteil – nicht zu den zehn schönsten der Welt zählen dürfte, hinter uns, sind von der stark und links befahrenen Hauptstraße auf kleinere Sträßchen abgebogen und machen unter der Auffahrt zur Humber-Bridge eine erste Pause. Die Humber-Bridge überspannt die Mündung des Humber und ist ein paar Kilometer lang.
Ich sitze auf der Wiese, esse einen Apfel und lausche den Gesprächen meiner Freunde. Sie bewerten die Fähr-Überfahrt und vergleichen sie mit den zahlreichen Schiffsfahrten, die sie in der Vergangenheit bereits unternommen haben.

Toll! – Nach der Rast kommen wir tatsächlich auf grüne Wege.
Die Landschaft entfaltet sich.
Man kann weit blicken.
Das „typisch“ englische Landschaftsbild, wie man es sich so vorstellt: Felder, Wiesen, Hecken, Baumgruppen – einfach schön.
Und gute, kaum befahrene Feldwege.
Allerdings auch einige, wenn auch harmlose Hügel.
Egal! – Ich bin in Form, meine Beine sind gut und ich fahre neben Herbert im vorderen Teil des Peleton.

„Gleich müssen sie kommen“, sagt Herbert.
„Wer?“, frage ich.
„Die Hills!“

„Die Hügel? Ach was, die sind doch nix. Die fahre ich mit der Kappe. Da schalte ich nicht mal hoch."
„Aber gleich kommen sie, diese legendären, weltbekannten Hills."
„Was denn für Hills, Herbert?"
„Ja – DIE Hills! Die berühmtesten Hills überhaupt!"
„Häääää?"
„Na, die Beverley Hills! Hast du nicht die Schilder gesehen? — Rechts ging es nach Beverley!"

Luzia fährt hinter uns. Sie hat die Debatte mitbekommen und klärt uns auf. Tatsächlich liegt etwas östlich unserer Route die Stadt Beverley, die aber nichts mit dem Promi-Stadtteil von Los Angeles zu tun hat und sich außerdem „Beverley", also mit einem „e" vor dem „y" schreibt.

Auf den nächsten fünfzehn Kilometern gibt uns Luzia einen hochinteressanten Überblick über die alte und wechselvolle Geschichte von Beverley. Unglaublich, was die Frau alles weiß und wie fesselnd sie es beschreiben kann. Im Fach „Englische Geschichte" scheint sie unschlagbar zu sein.
Sie spielt hier ganz sicher wissensmäßig in der „Lothar-Liga".
Mindestens!

Wir erfahren unter anderem, dass die Ansiedlung früher „Beaver-Lake", also Bieber-See, hieß. In den dortigen damaligen Sumpfgebieten gab es eben viele Bieber.
Das war die dritte Lektion des Tages.

Mir schwirren noch all die „Normannen", „Heinrichs" und „Georgs" durch den Kopf. Ich lasse mich zurückfallen und fahre am Ende der Gruppe ein Stück mit Lina.

Lina wünscht sich sehr eine Pause.
Zu gerne würde sie eine Konditorei oder so etwas besuchen.
„Ich könnte hier einen kleine Pause am Wegesrand arrangieren!"

„Nö!“ Sie wünsche sich eine richtige Pause, so etwas mit Stachelbeertorte oder Ähnlichem.
„Naja – Konditoreien und Bäckereien gibt es hier nicht.“
Nur Felder und Hecken und Kühe auf den Weiden.
Aber immerhin kommt ab und zu die Sonne raus.

Ich fahre mal wieder nach vorne.
Wir machen gutes Tempo und ich radle stolze 16 Stundenkilometer im Windschatten unserer Guides.

In Market Weighton machen wir – nicht nur Linas wegen – eine amtliche Pause. In einem netten Pub gibt es Tea und Cakes – allerdings keine Stachelbeertorte. Auch keinen Frankfurter Kranz und auch keine Donauwellen, die Lina ebenfalls ins Gespräch gebracht hatte.
Der Tee ist vorzüglich.
Ich erwäge, dem Kaffee – meinem allerliebsten Lieblingsgetränk – abzuschwören. Jedenfalls für die Dauer unseres England-Aufenthaltes.
Es ist sehr gemütlich bei dieser Pause.
Einige Kolleginnen haben im Ort Ansichtskarten gekauft und beschreiben sie jetzt. Auf vielen müssen alle unterschreiben. Tue ich gerne, auch wenn ich die Adressaten gar nicht kenne.

Luzia hat eine Tageszeitung erworben und liest uns die wichtigsten Meldungen übersetzt vor. Immerhin hat man ja schon eine Woche keine Zeitung mehr gelesen, keine Nachrichten gehört oder gesehen.
„Michaeeel! – Was bist Du für ein Sternzeichen?“, fragt sie mich, als sie auf Page 23 und dem Horoskop angekommen ist.
„Bieber“, erwidere ich, „Aszendent Maulwurf.“
Das Doris-Lachen füllt den Gastraum.

Nach der Pause führt uns der *Grüne Weg* wieder in schöne Landschaften. Der Weg ist leicht wellig und kaum bis gar nicht von Kraftfahrzeugen befahren. Kleine Gespräche mit Heinz-Werner zum Thema „Drachenbootfahren“. — Ich trage heute mein „Wupperdragon-Trikot“.

Mit Herbert spreche ich über Astrologie und mit Lina über den signifikanten Unterschied zwischen den Konditoreien verschiedener Regionen. Auffällig war, dass es in Market Weighton keinerlei „Tiergebäck“ gab. Also keine „Schweineöhrchen“, keine „Rosinenschnecken“, keine „Schwanenhälse“ und keine „Bärentatzen“.
Nichts dergleichen!
Nicht mal „Kalter Hund“ oder „Bienenstich“.

Dafür gibt es viel Löwenzahn am Wegesrand.
Und jede Menge anderer Blumen.
Ich belausche hoch interessante Blumen-Gespräche zwischen Heidi und Annelie. Annelie kennt offensichtlich alle hiesigen Pflanzen bei ihrem Namen – und hat gleich die englische Übersetzung dazu auch parat. Schade, dass ich die Hände zum Lenken brauche und nichts notieren kann. Man wird nicht dümmer auf so einer Tour.
Aber zunehmend hungriger.
Man hätte im Pausenort Proviant fassen sollen.

Ich lenke mich mit Mathematik ab, versuche auszurechnen, wie viele Kilometer noch bis zum Ziel in York zu fahren sind.
Die Entfernungsschilder beziehen sich – Lektion 4 des Tages – hier nicht mehr auf Kilometer, sondern – natürlich – auf Meilen.
Bei Lothar – bei wem denn sonst? – bringe ich bis auf vier Nach-Komma-Stellen das Verhältnis „Kilometer : Meile“ in Erfahrung, entscheide mich aber, den genannten Wert auf 1,6 abzurunden.
Schwierig wird es dadurch, dass die Entfernungen auf den englischen Schildern nicht immer glatt „10“ oder „24“ oder so ausweisen, sondern oft auch „13 3/4“ oder „7 5/8“ lauten.
Das macht die Umrechnung im Kopf nicht leichter.
Aber ich möchte schon landesgerecht Auskunft geben können, falls mich jemand nach irgendwelchen bereits absolvierten oder noch zu fahrenden Entfernungen fragen sollte.

Jedoch: Luzia fragt heute nicht.
Sie vertieft die Geschichtsstunde mit Herbert und Wolfgang.
Noch 16 2/5 Meilen bis York!
Das ist ja überschaubar.
Könnte in 1 4/7 Stunden erledigt sein.

Mir fällt die Geschichte mit der Norwegischen Meile ein:

Mit Bello fuhr ich – damals noch mit einem Auto – eine lange, lange Strecke durch. Irgendwo in Norwegen. Norwegen ist ein ziemlich weitläufiges Land.
In Sonnborn würde man sagen: „Es zieht sich."

Ab und an gingen uns auf der langen Strecke die Themen aus und ich spielte ein wenig auf meiner Mundharmonika. Als ich *Alle Jahre wieder* und *Es ist ein Ros` entsprungen* zu Gehör brachte, bat mich mein Kumpel am Steuer meines Autos, dies bitte zu unterlassen. Weihnachtslieder im Juli seien mal echt unpassend.
Ich konterte mit drei Strophen *Kling-Glöckchen-klingelingeling* und – gesungen – den entsprechenden Fußball-Texten.

Bello wurde sehr sauer. Mein Mundharmonika-Spiel würde ihm schon lange auf die Nerven gehen. Auch meine *The Times, They Are A-Changin'* und *Blowing in the Wind* Interpretationen seien drittklassig.
Aber höchstens!
Eiskalt setzte ich zu *Macht hoch die Tür* an.
Die Geschichte eskalierte.
Bello verbat sich EIN-FÜR-ALLE-MAL Weihnachts- oder sonstige Lieder, während er führe. Und beim nächsten Mal würde er mich vor eben jene Türe setzen.

Bei meinem sofortigen trotzigen *Leise rieselt der Schnee* bremste er abrupt und rief: „Rrrrrraus! – Unser Campingplatz ist im nächsten Ort und da kannst du jetzt mal schön zu Fuß hingehen. Und vergiss deine Mundharmonika nicht!“

Schwerst beleidigt stieg ich aus.
Bello brauste mit MEINEM VW-Variant davon und ich stand mit einem Mal ALLEINE in Norwegen.
Eine vollkommen neue Erfahrung.
Alleine in N o r w e g e n !

Ich machte mich auf den Weg.
Konnte ja nicht mehr sooo weit sein.
Ein vorbei kommender Junge auf einem Fahrrad (!) gab die beruhigende Auskunft, dass es bis zum nächsten Ort – der mit dem Campingplatz – eine Meile sei, vielleicht auch eine-und-einehalbe oder etwas weniger als zwei.
Okay! – Ein entspannter Spaziergang.
Ich holte das Instrument aus der Hosentasche und versuchte *Norwegian Wood*, was, glaube ich, nicht so gut gelang.
Auf Weihnachtslieder aber hatte ich jetzt auch keine Lust mehr.

Mehr als vier Stunden später kam ich auf dem Campingplatz an. Wäre es nicht in Norwegen gewesen, wäre es jetzt schon dunkel gewesen.
Immerhin hatte Bello bereits das Zelt aufgebaut, hatte eingekauft und gekocht. Auch ein dünnes Bier stand bereit. Zudem seine Entschuldigung: Von seiner Oma habe er gelernt, dass immer dann, wenn man zur Unzeit ein Weihnachtslied singe oder spiele, jemand aus dem Bekanntenkreis sterben würde. Daher seine Allergie gegen mein Musikprogramm.

Ich nahm seine Entschuldigung an. Immerhin kenne ich jetzt weite Teile der Telemark aus Fußgängersicht. Und ich weiß – ich werde es wohl nie vergessen – dass eine Norwegische Meile etwa zehn Kilometer lang ist.

Auf der letzten Norwegischen Meile nach York sieht man schon zu Beginn die Türme der Stadt. Auf grünsten Wegen fahren wir rein. Am grünsten das Grün der Pferderennbahn, über die der Radweg in die Stadt führt. Ganz nah an der Stadtmauer, die den Kern einfasst, wartet das Hotel, das John für uns ausgesucht hat.

York

York ist eine sensationelle Stadt.
Das weiß ich bereits am ersten Abend und nach knapp vierzig Stunden in dieser Stadt ist mir klar: York gehört ab sofort zu den Top-Ten meiner absoluten Lieblingsstädte. Auf Augenhöhe mit Florenz, Münster, Dijon, Gouda, Brunkeberg, Mikkeli, Amsterdam, Arnheim und natürlich Sonnborn. Wie ich auf einer Tafel lese, sind tatsächlich Dijon und Münster die Partnerstädte von York.
Das passt!

Kelten, Römer, Angelsachsen, Wikinger haben hier ihre Spuren hinterlassen. Die Römer nannten die Ansiedlung „Eboracum", was „die ewige Stadt" bedeutet. Die Wikinger gaben ihr den Namen „Jorvik".

York wirkt wie ein großes – ein sehr großes – Freilichtmuseum, ist aber überhaupt nicht museal, sondern höchst lebendig. Rund um die alten und uralten Gebäude steht eine mächtige Stadtmauer, die man begehen kann. Und – von überall zu sehen – die große Kirche: Das York Minster im gotischen Stil.

Am Ruhetag, dem ersten nach Start unserer Radreise, entziehe ich mich nach einem gemeinsamen Besuch des *Jorvik Viking Centre*, das einige Meter unter der Erde Einblicke in die Zeit der Wikinger in York gibt, meiner lieb gewonnenen Gruppe.
Ich umrunde York auf der fünf Kilometer langen, dicken Mauer, schaue hier und da in die kleinen Gassen mit den vielen kleinen Lädchen, die angrenzenden Höfe und die herrlichen Hausgärten, bewundere die Stockrosen, die hier massenhaft an den alten Gemäuern blühen. Ich schlendere durch die nahezu autofreie Innenstadt und bin begeistert von der Musik, die diese Stadt erfüllt.

Auf nahezu jedem der schönen Plätze und an jeder Ecke stehen oder sitzen Straßenmusiker – einzeln oder zu zweit oder in größeren Gruppen. Gitarristen, eine Frau mit Harfe, Menschen, die Klarinette spielen.

Und einem gemischten Chor mit wundervollem klassischen Gesang lausche ich auch.
Im Minster spielt jemand Bach auf der Orgel.
Fantastisch.
Ich sollte meinen Walkman wegwerfen.

Schade, dass ich kein Instrument beherrsche.
Schade, schade, schade.
Obwohl mein Opa Berufsmusiker war, obwohl mein Vater jedem – aber auch wirklich jedem – Instrument genießbare Melodien entlocken kann, habe ich musikalisch nichts drauf.
Gar nichts.
Sieht man mal von dem albernen Kazoo ab.
Das aber kann ja jeder.
Und auf der Mundharmonika kann ich Weihnachts-, Kirchen- und Beerdigungslieder hinlänglich.
Das bringt jedoch in aller Regel mehr Ärger als Applaus ein.
Ein paar Nationalhymnen hätte ich vielleicht noch im Repertoire.
Das ist „mehr“, aber fast so gut wie „nix“.

> Von meinen Klassenkameraden spielte circa die Hälfte Violine. Die Jungs waren vor Aufführungen des Schulorchesters oft in der fünften und sechsten Stunde vom Unterricht befreit, was ihnen meinen ehrlichen Neid zuzog.
> Die andere Hälfte hatte im Übrigen eine Klavierausbildung genossen. Hans-Jürgen spielte Posaune. Nicht nur kirchenmusikalisch, sondern auch in einer Dixieland-Jazzband.
>
> Ich spielte nix!
> Naja, immerhin durfte ich in Lupos und Edes Sonnborner Skiffle-Band auf einem Waschbrett deren Gitarren- und Banjo-Musik einigermaßen rhythmisch begleiten und bei einigen Stücken gleichzeitig (!) auch ins Kazoo tröten.

Ich bin voll von der bunten York-Musik, als ich auf der Wiese am Cliffords Tower, einem uralten und prächtig erhaltenen Verteidigungsturm, eine längere Pause mache und die verschiedenen Klänge der Musiker durch die Spätnachmittagsstille wehen.

Der Ruhetag tut mir richtig gut.

Gestern war es noch ein wenig stressig gewesen:
Am Hotel – gleich an einem der Stadttore und in Nähe der Stadtmauer – gab es nur Zeit zum Duschen, nicht aber für das erhoffte Abendessen. Wolfgang und unsere englischen Freunde hatten einen *Ghost-Walk* gebucht.

Bei diesem abendlichen Rundgang führt ein Schauspieler durch die verwinkelten kleinen Gassen der Altstadt und berichtet von all den schrecklichen Dingen, die hier im Laufe der Jahrhunderte geschehen sind.
In erster Linie geht es um Mord, Totschlag usw. Und der Mann in seinem schwarzen Umhang zeigt die Stellen, wo es passiert ist und wo es jetzt ab und an oder auch jeden Abend spukt.

Der Mann flüstert.
Ich hänge an seinen Lippen.
Ich glaube ihm ALLES.
Er reißt seine Augen ganz weit auf, wenn es die Dramatik der erzählten Geschichte erfordert.
Er greift nach meinem Arm, wenn er einen Geist vorüber fliegen, eine real nicht erklärbare Spiegelung in den Butzenscheiben sieht.
Ich bin ihm absolut verfallen, vergesse den *Grünen Weg*, die Radtour – alles.
Eine Gänsehaut nach der nächsten.
Es dämmert schon und hier in den „Snickleways“ ist es eh irgendwie immer ein wenig duster.
Und dann huscht – TATSÄCHLICH – eine Fledermaus über uns hinweg. – Puh …

Der *Ghost-Walk* endet in einem Pub – gemeinsam mit dem genialen Geschichtenerzähler, der auch hier noch immer flüstert, mit weit aufgerissenen Augen Blicke in die Ecken des auch recht düsteren Pubs wirft und mich ab und an warnend an die Schulter fasst.

Nach dem langen und ereignisreichen Tag – immerhin hat das Frühstück ja noch auf dem Fährschiff stattgefunden – bringt mich das Bierchen („half-a-pint, please“) total aus dem Konzept.
Ohne Grundlage sowieso.

Ich bin mehr als angetrunken und versuche dem *Ghost-Walk*-Führer und meinen Freunden in schwachem Englisch klarzumachen, dass es in Sonnborn – nämlich zwischen Sonnborner und Alter Dorfstraße – auch so einen schmalen Durchgang gibt und dass es da vielleicht auch spukt und dass man da vielleicht auch mal so eine Führung machen könnte. Und unheimliche Kneipen gibt`s dort allemal auch.

Herbert vertieft die Idee und auf dem Weg zum sehr späten Abendessen entwickeln wir brilliante Strategien, das Geistertum auch im Bergischen Land zu etablieren und zum Kult zu erheben.

Wir setzen die ins Irrsinnige spielenden Planungsdebatten beim Essen und Trinken fort. Ich vergesse, dass ich schon ein Bier zu viel habe und denke überhaupt nicht daran, dass man bei der Bestellung in einem indischen Restaurant eine gewisse Aufmerksamkeit bei der Nennung des Schärfegrades walten lassen sollte.
Ist ja auch mein erster Besuch in einem indischen Lokal.

Tja, was so alles passiert an einem einzigen Tag auf dem *Grünen Weg*.

W
E
WARNING
CYCLE ROUTE
JOINS PUBLIC
ROAD AHEAD

Helmsley

Es macht richtig Spaß, wieder auf dem Rad zu sitzen und es macht größte Freude, auf DIESEM Rad zu fahren.
Das elterliche Geschenk zum fünfzigsten Geburtstag.
Auch ist sehr erfreulich, dass meine Form von Tag zu Tag besser wird.

Es geht gemächlich raus aus dieser wunderschönen Stadt, raus aus dem Vale of York, weg von den Flüssen Foss und Ouse.
In nördlicher Fahrtrichtung sieht man im zart-bläulichen Morgenlicht eine Hügelkette.
„Das sind die *Moors*“, erklärt mir Wolfgang.
Beim gestrigen Pub-Besuch wurde diese Gegend, durch die wir in den nächsten Tagen radeln werden, schon als „schwer bergig“ angekündigt.
Steigungen von 15% und mehr wurden angedroht.
Von Weitem sieht es aber gar nicht schlimm aus.
Und – wie bemerkt – meine Laktatwerte sind inzwischen optimal.

Was mich auch stark macht, ist die Gruppe.
Inzwischen habe ich die mir noch vor zehn Tagen weitgehend völlig unbekannten Frauen und Männer kennen, schätzen und lieben gelernt.

Dazu kommen jeden Tag neue Jungs aus unserer Partnerstadt, die uns im Wechsel führen, betreuen, beschützen. Sie sind vorne und kennen den Weg, sind mittendrin und weisen uns auf dies und jenes am Wegesrand hin, sind hinten und muntern auf.
Seit heute morgen sind Brian und Dave unsere Guides.
Ein wunderschönes Gefühl, abgeholt und behütet zu werden.

Radfahrmäßig habe ich dies schon zwei Jahre zuvor kennengelernt, als englische Radfahrfreunde unsere Gruppe – und besonders mich – mit unendlicher Geduld und Hingabe die C2C-Route von der Irischen See zur Nordsee begleitet haben.

Alan bummelte s t u n d e n l a n g im Schritt-Tempo neben mir her, als ich mit meinem überladenen Drei-Gang-Damenrad die Pässe im Lake District hochschob. Er sprach mir Mut zu, betete mich über jeden dieser schrecklichen Berge.
Ungefähr zwölf Mal flickte er meinen Reifen und ertrug mein nächtliches Schnarchen.
All dies tat er mit einem Lächeln.
Unbelievable!

Nicht nur psychologisch, auch rein physikalisch ist das Radeln in einer größeren Gruppe leichter.
DAS hätte man mir praktischerweise statt all dem anderen nutzlosen Zeug im Physik-Unterricht auf diesem doofen Mathematisch-Naturwissenschaftlichen Gymnasium erzählen können:
Mittendrin in einer Sechzehner-Gruppe muss man viel, viel weniger treten. Der Pulk schützt vor Gegen- und Seitenwind. Es läuft einfach viel, viel leichter und man hat selbst bei Tempo „10“ (Meilen) gleich „16“ (Kilometer) pro Stunde Zeit zum Plaudern.

„Ich bin gespannt auf die Tiere“, sagt Herbert, als die letzten Häuser von Yorks nördlichen schmucken Vororten hinter uns liegen.
„Ich habe noch gar keine gesehen“, murmelt er eine Meile später, als die Strecke schöne Blicke auf die Garten-Landschaft der südlichen North Yorkshire Moors freigibt und die Hügelkette voraus Konturen bekommt.
„Hast du sie denn schon gesehen?“, fragt er bei mir an.
„Wen denn, Herbert?“
„Na – die Tiere!“
„Häää? Schau mal, da sind Kühe, drüben Schafe, dahinten drei Pferde. Und im letzten Dorf lief uns doch dieses Huhn über`n Weg. Was willst Du denn noch mehr?“

„Da oben steht ein Bussard in der Luft“, ergänzt Gertrud.
„Da! – Noch einer“, bemerkt Lina.

Das dicht beieinander fahrenden Peleton widmet sich nun ausgiebig der Beobachtung der hiesigen Fauna.
Annelie und Luzia benennen mindestens ein Dutzend Singvögel in deutscher UND in englischer Nomenklatur.
Lothar und Heinz-Werner gefallen durch weitere Raubvogel-Sichtungen.
Jürgen bringt Schmetterlinge und andere Insekten ins Gespräch.

Ich lerne mal wieder eine ganze Menge.
Inzwischen haben die Expertinnen auch die Flora in ihre Beobachtungen und Benennungen einbezogen.
Blumen, Sträucher, Bäume werden deutsch, englisch und teilweise auch lateinisch benannt.
Das übertrifft ein komplettes Mittelstufen-Jahr an der Macke. So hieß diese bereits mehrfach kritisierte Lehranstalt bei Freund und Feind.
Im Übrigen war und bin ich immer noch „Feind".

Herbert insistiert und irritiert erneut mit der Ausgangsfrage:
„Und WO – bitteschön – sind diese landestypischen TIERE?"
„Die sind alle hier heimisch!" belehrt Doris.
„Sie sind indigen", lässt Luzia ergänzend ein wenig die Lehrerin durchscheinen.
„Herbert, was willst Du eigentlich?"

„Na, ich hatte mich so auf die hiesigen Tiere gefreut. Da muss es doch ganze Herden geben. Vielleicht da vorne. Da ist ein Wald!"

„WELCHE Tiere, Herbert???"

„Na, die Tiere, die dieser Gegend hier den Namen gegeben haben – die Yorkshire Terrier", sagt Herbert, ohne eine Mine zu verziehen.

Doris schüttelt sich aus vor Lachen, fährt Schlangenlinien.
Wir erörtern eine halbe Meile lang, ob die Grafschaft nach den Terriern oder diese Hunderasse nach der Gegend benannt wurde.

Ein kleiner Stopp und ein Blick zurück. Weit hinten und vor allem ziemlich tief „unten“ liegt das *Vale of York* im Sommerdunst. Unmerklich und ohne Mühe habe ich einige Meilen und auch eine Menge Höhenmeter geschafft – abgelenkt durch lustige biologische Gespräche. Lina spendiert mir einen Apfel.
Ganz in der Nähe sehe ich ein Eichhörnchen, das einen Baum hinaufrennt. Und zwei Wildtauben.

Die Mittagspause ist nicht mehr weit.
Über Heckenwege und ein wenig Auf-und-Ab erreichen wir eine knappe Stunde später einen riesigen Gebäudekomplex: Castle Howard – ein Schloss in barock anmutendem Stil.

Ich schwänze die Geschichtsstunde und verzichte auf die gebuchte Schlossführung. Meine Freundinnen und Freunde werden mir die Historie des Anwesens mit all seinen „Barons, Dukes and Earls“ sicher heute Nachmittag – und das bestens aufbereitet – präsentieren.
Stattdessen schlendere ich durch den Park und liege im grünen Gras am Ufer des gar nicht mal so kleinen Sees.
Außer ein paar Schwänen ist hier niemand.
All das habe ich für mich alleine.
Der Duke of Sonnborn!

Ich krose den Walkman raus, lege meinen Kopf auf die Fahrrad-Lenkertasche und höre das komplette Centralpark-Konzert von Simon und Garfunkel. Schön, *A Heart in New York* sozusagen als Abschied von „Old York“ und danach *Scarborough Fair* als eine Art Vorschau auf die Küste zu hören.
Die Sonne scheint von einem mit herrlichen Wolken verzierten blauen Yorkshire-Himmel.
Dazu ein sanfter milder Wind.
Ich fühle mich so wohl wie schon lange nicht mehr.

Welch eine Reise – von Anne und Wolfgang perfekt organisiert!
Man muss sich um nichts, aber auch um gar nichts sorgen:
Das Wetter ist gut, Radwege stehen bereit, die Fahrt ist entspannt mit hinreichend vielen und ausgiebigen Pausen. Noch nicht ein einziges Mal musste ich eine Pause provozieren.
Jeden Abend wartet ein Hotelzimmer, ein Tisch für das Abendessen ist reserviert, es gibt Guides, die sich um alles kümmern.
Die Mitreisenden sind freundlich und liebevoll.
Sie bieten permanent Äpfel, Bananen oder Trockenobst, Studentenfutter, englische Bonbons, Salmiakpastillen, Schokoriegel, Lakritzschnecken oder auch individuelle Lebensberatung an.
Dazu bekommt man täglich fundierte, aber lockere Lektionen in Geschichte, Geografie, Biologie, Nautik und anderen Wissenschaftsgebieten. Es gibt organisierte Geisterstunden, Kazoo-Konzerte und ein reichhaltiges Rund-um-die-Uhr-Kleinkunstprogramm inklusive des täglichen Horoskops.
Was will man denn mehr?
Selbst die eigentlich bittere Tatsache, keine Zigarettenblättchen mehr zu haben, kann ich verschmerzen.

Der *Grüne Weg* nach Helmsley verläuft überwiegend bergab.
Helmsley hat einen mittelalterlichen Ortskern.
Und da wartet auch schon wieder ein kleines feines Hotel.

„Half a pint for me, please!“

Rievaulx Abbey

Vor fast tausend Jahren machten sich 12 Mönche auf den langen und beschwerlichen Weg vom Zisterzienser-Kloster Clairvaux im Osten Frankreichs nach hier, ganz in die Nähe des Dörfchens Helmsley am River Rye. Ihr Auftrag war die Missionierung der hier lebenden Menschen.

Die Gottesmänner rodeten den dichten Wald, bauten sich schlichte Unterkünfte, erkundeten die Umgebung. Zehn Jahre später waren es schon 300 Männer, bald 500 und mehr. Gemeinsam bauten sie eine riesige Kirche, daneben viele andere Gebäude zum Wohnen und Arbeiten.

In der Nähe hatten sie Blei- und Eisenvorkommen gefunden. Sie missionierten, sie bauten die Erze ab, sie leiteten den Fluss um, sie züchteten Schafe und verkauften die Wolle an die Menschen in der Umgebung. Das Tal des Rye war erfüllt von emsiger Arbeit und heiligem Fleiß.

Immer wieder wurden Mönche aus dem sonnigen Frankreich in das kühle schattige Tal geschickt.
Eines der größten Kloster Europas war entstanden.
Viele Missionare starben hier und hier wurden sie fern ihrer Heimat begraben. Und immer wieder kamen neue.

Im 13. Jahrhundert raffte eine Seuche die Schafe dahin.
Eine der Haupteinnahmequellen fiel weg.
Im 14. Jahrhundert gab es Raubüberfälle der Zu-Missionierenden.
Die Mönchgemeinde verarmte.
Und dann kam die Pest.
1538 wurde das Kloster von Heinrich VIII. aufgelöst.
Was aus der letzten Handvoll Mönche wurde, ist nicht bekannt.

Und es wurde wieder still im Tal.

Heute schlendere ich über den Rasen zwischen den Resten des riesigen Gotteshauses, lehne mich an die das Ensemble umgebende Mauer aus groben Natursteinen, schaue hoch zu den Pfeilern, die viele Jahrhunderte mit all diesen Ereignissen überstanden haben, lausche dem Gesang einer Amsel und blicke in den Himmel, an dem schnelle Wolken ziehen. Auf der Wiese grast ein weißes Pferd.

Welche Spuren werden wir hinterlassen?

Whitby

Im Spätsommer 1944 stand der deutsche Soldat Siegfried dem britischen Soldat Donald gegenüber – irgendwo in der Normandie. Auge in Auge – beide mit angelegtem und entsichertem Schießgewehr. Aber sie schossen nicht aufeinander, wie es diese schrecklichen Spielregeln des Krieges eigentlich vorsehen.
Siegfried schoss nicht. Donald schoss nicht.
Siegfried ließ sein Gewehr fallen, nahm die Arme hoch und ließ sich von dem Engländer ohne jede Gegenwehr gefangen nehmen.
Ungewöhnlich: Sie tauschten ihre Adressen aus.
In all dem Irrsinn ringsherum blieben sie Menschen, lebendige dazu. Sie wurden und sie blieben Freunde.

Im Juli 1949 wurde Siegfried – schon lange aus der britischen Kriegsgefangenschaft nach Sonnborn zurückgekehrt – zum ersten Mal Vater.
Er gab seinem Sohn den Namen „Donald".

Don war mein Klassenkamerad.
Er erzählte mir schon sehr früh die Geschichte um seinen Vater und seinen Patenonkel im Vereinigten Königreich. Donald war im Übrigen der Einzige unserer 14-Jungs-Klasse, der meine unbedingte Abneigung zu den naturwissenschaftlichen Fächern teilte, dazu weder Violine noch Klavier spielte und genau wie ich die Lebensschwerpunkte auf „Fußball", „Frauen", „Alkohol" setzte. Genau in dieser Reihenfolge.

Als wir endlich das Naturwissenschaftliche Gymnasium hinter uns gebracht hatten, verhalf uns der hoch bezahlte Job als Appretur-Hilfsarbeiter in einer Vohwinkeler Seidenweberei/-färberei binnen vier Monaten zu einem relativen Wohlstand.
Im Wechsel von Früh-, Spät- und Nachtschicht verblieb keine Kraft, Zeit und Möglichkeit, den 5,42 DM-Stundenlohn plus Prä-

mie für jeden Kilometer gefärbten und appretierten Futterstoffs sinnvoll zu verausgaben.
Ich will erwähnen, dass 5,42 DM plus satter Prämie ein für damalige Zeiten stolzer Stundenlohn war – zumal wenn man bedenkt, dass in den Sonnborner Gastronomiebetrieben ein Glas Bier damals ganze 45 Pfennige kostete, in einigen Schänken auch nur 40 inkl. des regelmäßigen Unterhaltungsprogramms in Form von Schlägereien.

Wie auch immer. Der Job war ziemlich öde. Wir warteten die Freitags-Lohntüte ab und warfen von einem Tag auf den anderen die „Brocken hin“, gingen erstmal in die Linde, zählten anderntags unser verdientes Geld, liehen uns ein Zwei-Mann-Zelt, packten jeder eine Tasche und gingen – sehr spontan – auf eine irgendwie recht unzureichend vorbereitete „Weltreise“.

Die seinerzeit – Ende der Sechziger – „klassische“ Weltreise hatte die grobe Richtung Balkan, Türkei, Afghanistan, Indien. Die unsrige, im Übrigen per Anhalter geplant und durchgeführt, gestaltete sich von Anfang an mehr oder weniger konfus.

Alle einigermaßen vernünftigen Reisen beginnen in Holland. Darüber waren wir uns einig. Also trampten wir an die Küste. Danach waren wir in Friesland — nicht zuletzt, weil ich dort Tamara treffen wollte.
Bald kamen wir nach Südfrankreich, was unser Budget sehr schnell schmälerte, trampten erneut in die Niederlande, dann nach Dänemark, Schweden, von dort nach Nordirland. Es gab eine günstige Frachtschiff-Mitnahme von Göteborg nach Belfast.

Und dann war ich bald zum ersten Mal in England:
Cambridge.
Stratford-upon-Avon – wegen Shakespeare.
Wolverhampton mit Stadionbesuch der Wanderers.

Birmingham, wo wir in der Not auf einem Friedhof campierten.
Liverpool – wegen der Beatles.
Kreuz und quer über die Insel.

Und dann besuchten wir Donalds Onkel Donald in Blackpool.

Nach sechs Wochen Camping – meist ohne Dusche, ohne Schlafen-in-einem-richtigen-Bett, ohne Essen mit Besteck und sonstigem Luxus – DAS Paradies.
Die Gastfreundschaft von Onkel Donald und seiner Familie machte mich schier sprachlos.

Wir blieben ein paar Tage, duschten uns auf Vorrat mehrmals am Tag, rasierten uns auch, lernten die englische Küche kennen und lieben. Wir saßen im gepflegten Onkel-Donald-Garten und tranken Tee. Wir spielten mit dem Onkel Golf und besuchten abends den Blackpool-Pier und tolle Clubs mit zwar netten und weitgehend freundlichen, aber – im entscheidenden Moment – enttäuschend zurückhaltenden Mädchen.
Diese Tage waren so etwas wie der Himmel auf Erden.

Wie wäre alles gekommen, wenn sich Donald und Siegfried damals an die Spielregeln gehalten hätten, auf ihren König und ihren Premier-Minister bzw. auf ihren blöden Führer gehört hätten?

Gottlob sind nach meiner Einschätzung die allermeisten Menschen offen für Freundschaft – auch über Sprach-, Religions- und Ideologie-Grenzen hinweg.
Ganz sicher!

In diesen Tagen erlebe ich die Fortsetzung des „Völker-Verbindungs-Märchens“.

Die englischen Freunde — gestern Abend sind John und Alan gekommen – nehmen uns „an die Hand“ und führen uns von Helmsley aus in die Hochmoore Yorkshires.

Schilder weisen darauf hin, dass wir den Nationalpark „North Yorkshire Moors“ erreicht haben.

Das Landschaftsbild hat sich geändert: Überwiegend dünnes Gras, Heidekraut und Moos und nur wenig Baumbestand überzieht die sanfte, aber sehr kompakte Hügellandschaft – immer wieder durch irre tiefe Kerbtäler unterbrochen.
Unsere Wege sind nahezu verkehrsfrei. – Sie stürzen sich immer wieder steil in die Einkerbungen und führen uns ebenso steil wieder auf den „Buckel“. Zum ersten Mal wird mein neues Rad geschoben und nicht gefahren. Der Rekord: 21 % Steigung.
Gott-sei-Dank habe ich nur halb so viel Gepäck-Gewicht wie vor zwei Jahren im Lake District.

Wir fahren und schieben ein sehr gemächliches Tempo.
Unsere fitten englischen Freunde sind äußerst rücksichtsvoll.

In Pickering, dem ersten Pausenort gibt es mehrere freudige Überraschungen. Zum einen sehen wir tatsächlich eine Oma mit einem Yorkshire-Terrier, was besonders bei Herbert zu großem Jubel Anlass gibt.
Zum zweiten steht eine amtliche Teepause an.
Und vor allem: Es gibt eine malerische Bahnstation!

Die *North Yorkshire Moors Railway* fährt mit einem Museumszug bis nach Grosmont und würde Menschen, die die voraus liegenden Anstiege und vor allem die tiefen „Rillen“ mit den 21 oder 18 Steigungsprozenten scheuen, die Sache bequemer machen.
Ich gehöre zu diesen Menschen.
Ich möchte es bequem.

Einige meiner Freundinnen und Freunde sehen das genauso und wir besorgen uns Tickets.

Dank an die Erbauer dieser Strecke, die es seit 1831 gibt und die seinerzeit die Hafenstadt Whitby an das sich schnell entwickelnde englische Eisenbahnnetz anschloss.
Der Zug ist höchst komfortabel, zwar nicht von 1831, aber auch nicht wesentlich jünger.
Schaffner in historischer Uniform, bequem-verstaubte Polster, Jugendstil-Lampen an jedem Platz, Gardinchen an den Fenstern und ein Steward, der Tee und Kuchen bringt.

„Was will man mehr?"

Die Dampflok macht Dampf, viel Dampf. Der Zug rumpelt ein gemütliches Tempo und die North Yorkshire Moors können in aller Ruhe betrachtet werden.
Mal gibt`s einen Tunnel, mal spektakuläre Brückenbauwerke, sehr oft herrliche Weitblicke.
Man sieht eine Menge Schafe in den Nebelschwaden über dem Moor.
Über Lachen und Scherzen wird es Nachmittag.

Interessanterweise ist der radfahrende Teil unserer Gruppe schon da, als wir in Grosmont ankommen. Offensichtlich kann man ohne mich doppelt so schnell fahren. Jedenfalls gibt es vor dem letzten Teil der Etappe noch eine Tee- und Kuchen-Pause.

Hinter dem Bahnhof in Grosmont geht die Straße steil, megasteil bergan.
Die Elberfelder Sadowastraße und die Stockmannsmühle sind dagegen eher flache Pisten.

Es folgen gut asphaltierte, aber überwiegend verkehrsfreie Flachstrecken und ein paar eher moderate Steigungen.
Dann läuft es längs dem River Esk flott dem Etappenziel entgegen.

Ich bin erfreut, dass Luzia endlich mal wieder die aktuellen Zahlen abfragt. Es sind 38,8 gefahrene Kilometerchen seit dem Start.
Oder Meilen.
Auf jeden Fall recht wenig für diejenigen, die mit dem „Orient-Express" gefahren sind.

Whitby ist äußerst quirlig: viel Verkehr, viele Touristen und in der Luft massenhaft Möwen.

Unser Hotel liegt in der pittoresken Altstadt und trägt den Namen *Shepard`s Purse*. Im lauschigen Innenhof mit herrlichen Pflanzen und Blumen stehen Tische und Stühle.
Es gibt schon wieder Tee und es wäre eine Sünde, ein Kuchenbüfett wie dieses zu ignorieren. Auch Lina, die ausgewiesene Kuchenexpertin in unserem Team, ist stumm vor Glück.

Und dann die größte Überraschung:
Tom ist da. Tom, unser Freund aus South Tyneside.
Tom, der vor zwei Jahren mit seinen Kollegen der dortigen Stadtverwaltung mit dem Rad nach Wuppertal kam, der uns inspirierte, es ihnen gleich zu tun, der uns – wieder mit all den Freundinnen und Freunden – im Herbst '97 auf unserer Tour betreute und der dann im vorigen Jahr mit einer großen Gruppe einmal mehr den *Grünen Weg* nach Wuppertal befuhr. Tom, das ist eine Freude!

Ich finde ein Büdchen gleich neben *Shephard's Purse*, besorge mir Tabak und Blättchen zu einem absoluten Fantasiepreis, trinke bei einer dünnen Zigarette den so-und-so-vielten Tee des heutigen Tages und beziehe mit Herbert die Dachgeschosswohnung des Hotels.

Unter unserem Fenster spielt auf der Straße eine Frau Gitarre und singt „*Where Have All The Flowers Gone*".

Transsilvanien

Nach dem heutigen entspannten Radfahrtag und einem köstlichen Fish-and-Chips-Dinner in Whitby steht ein Abendspaziergang auf dem Tourprogramm. Hunderte steile und ausgewaschene Treppenstufen führen uns auf die Klippe hoch über der Stadt und der Mündung des Esk.

Abenddämmerung.
Ein weiter Blick über die ruhig da liegende Nordsee.
Windstille. Schleierwolken.
Die Masten eines Schiffes am Horizont.

Auf der Klippe steht – wieder einmal – eine mächtige Ruine: Whitby Abbey neben der noch völlig intakten St. Mary's Church mit ihren sie umgebenden Grabsteinen. Die Ruine lässt die Reste eines großen Kirchenschiffes und einer Klosteranlage erkennen. Die heilige Hilda war ihre erste Äbtissin.

Hier fand im Jahr 664 die Synode von Whitby statt. Bei dieser Veranstaltung wurde – nach langen Diskussionen – der Termin des jährlichen Osterfestes festgelegt, wobei man es sich seinerzeit nicht leicht machte: Seit nunmehr 1.335 Jahren feiert man Ostern immer am Sonntag nach dem ersten Vollmond im Frühling.
Das macht manches kompliziert.
Während man sich auf andere Feiertage kalendermäßig absolut verlassen kann – Weihnachten IMMER am 24.-26. Dezember, Neujahr am 1. Januar, Tag der Arbeit am 1. Mai, Bloomsday am 16. Juni, Michaelistag am 29. September – fällt Ostern Jahr für Jahr auf ein anderes Datum. Dass sich alle möglichen anderen Feiertage wie Rosenmontag, Aschermittwoch, Vatertag, Pfingsten und so weiter am Ostertermin orientieren, macht die Sache nicht einfacher.

„Booah, Ostern ist aber früh im nächsten Jahr! – Da kann man doch nicht nach Holland fahren!" – „Himmelfahrt, erst Ende Mai? Nee-neenee!" – „Und Karneval schon im Februar! – Was soll das denn? – Das

ist doch viiiel zu früh! – Datt gippt doch nix!“
Solche und ähnliche Sprüche mache und höre ich in jedem Jahr.
Ich hätte es für wesentlich praktischer gehalten, wenn die Synode damals anders entschieden hätte: Ostern verlässlich immer am 14. Mai oder so.

Auf den Mauerresten der Ruine setzen wir uns im Halbkreis an den Rand der Klippe mit Blick auf die Hafeneinfahrt und das Meer.
Wolfgang schlägt ein Buch auf: „Dracula“ von Bram Stoker. Mit leiser Stimme liest er das zentrale Kapitel vor, in dem beschrieben wird, wie der Segler mit dem Grafen im Sarg an Bord den Hafen von Whitby erreicht.
Gänsehaut pur.
Wir lauschen still. – Nur die Raben krächzen in den Gemäuern.
Hat Wolfgang das vielleicht auch organisiert?
Das Drei-Mast-Schiff am Horizont kommt langsam näher.
Jetzt ist es schon fast vollständig dunkel.
Die Sichel des abnehmenden Mondes spiegelt sich auf dem Meer.

Nach der Lesung sitzen wir noch lange.
Jeder hängt seinen Gedanken nach.
Vorsichtig, immer noch still und ohne jedes Geplapper tasten wir uns die 199 alten Treppenstufen hinunter zur Altstadt, zurück zu *Shepard's Purse*. Das Städtchen ist zur Ruhe gekommen. Der Tabaksladen ist geschlossen, die Straßenmusikerin fort, die Touristen liegen in ihren Betten.

In unserem Dach-Zimmer gibt es unter der Dach-Schräge große Dach-Fenster. Eines davon direkt über unserer Matratze. Als wir das Licht ausmachen, erhebt sich über uns ein ungeheurer Lärm. Mehrere Möwen kratzen auf dem Glas, schreien dabei zum Gotterbarmen.

Immer wieder kommen neue dazu.
Offensichtlich ein Streit, vielleicht auch eine Art Möwen-Synode.
An Schlaf ist nicht zu denken.
Licht an!

Das lockt weitere Möwen an.
Sie sind riesig und glotzen uns von oben an.
Sehr beunruhigend.
„Hitchcock“, sagen Herbert und ich gleichzeitig.
Neu landende Vögel plumpsen auf das Fenster.
Einige picken entschlossen auf das Glas.
Hoffentlich hält das!

Ich habe nicht nur um meinen Nachtschlaf Angst.
Auch nach einer Stunde – Mitternacht ist längst vorbei – ist der Spuk noch nicht zu Ende.

„Da hast Du Deine Tiere“, pflaume ich Herbert an.
„Wir hätten das Kleingedruckte in der Reiseausschreibung gründlicher lesen sollen“, entgegnet Herbert.
Wir etablieren einen Krisenstab und kommen auf eine vermeintlich gute Idee. Das Zimmer ist ja recht groß und wir entwickeln den Plan, unsere Matratze unter das andere Fenster zu platzieren. Auf den ersten Blick eine wirklich gute Idee.

Gesagt – getan. Wir möblieren in einer halbstündigen und kräftezehrenden Operation die Herberge um. Das lenkt uns zumindest ab, bewirkt aber wenig. Als wir liegen, ziehen auch die Möwen um.
Schreien und picken, picken und hacken, hacken und schreien.
Ohrenbetäubend.
Die ganze Nacht lang.

Irgendwann übermannt uns der Schlaf.
Ich träume schlecht von Trans-Silvanien.

Robin Hood's Bay

Ein neuer Tag!

Die Schrecken der Nacht sind verflogen und werden abgelöst von den Schrecken des „Full English Breakfast".

Für viele, auch für die meisten meiner Radfahr-Freundinnen und Freunde ist es das Nonplusultra. Für mich ist es das überhaupt nicht. Fette kleine Bratwürstchen, gebratene ölige Pilze, dicke Speckscheiben, Tomaten und als Krönung Bohnen in einer geheimnisvollen zähen Tunke.
All das bekomme ich morgens nicht runter.
Ich beschränke mich auf Spiegeleier sowie Orangen-Marmelade auf Toastbrot. Letzteres finde ich im Übrigen sensationell gut.

Auf dem Tagesprogramm an diesem „Ruhetag" stehen zwei Spaziergänge.

Als wir aus dem Hotel treten, sitzt vor dem Eingang heute nicht die Gitarrespielerin, sondern eine riesige Möwe und glotzt blöde und böse. Das Tier hat nahezu die Größe einer Gans.
„Das ist eine von denen von letzter Nacht. Ich erkenne sie an ihrem Blick", empört sich Herbert. Die geflügelten Kolleginnen, die die Brücke über den Fluss belagern und umkreisen, haben ähnliches Format, sind aber tendenziell lautloser als zur Geisterstunde.

Hinter der Brücke steht Captain James Cook höchst persönlich.
Ein netter Mann, als „Captain Cook" verkleidet, spricht mich an, erzählt – so viel ich verstehen kann – Details aus dem Leben des Kapitäns und verteilt Flyer des diesbezüglichen Museums. Whitby war nicht nur der Ankunftsort von Graf Dracula, sondern auch der Ausgangshafen für die Reisen von James Cook in die Südsee.

Mit Barbara und Heinz-Werner sitze ich auf einer Bank oberhalb des Hafens. Wir blicken auf die Ruinen am anderen Ufer des Esk und das wuselige

Treiben im Ort. Uns Dreien kommt es vor, als seien wir nicht knappe zwei Wochen, sondern schon „ewig“ unterwegs auf dem *Grünen Weg*. Wir blicken zum anderen Ufer, da wo die Ruine steht, an der wir gestern Abend saßen und ich erwähne, dass dies das „Sonnborner Ufer“ sei.
Das können Barbara und Heinz-Werner nicht verstehen.
Ihre Gesichter — zwei große Fragezeichen.
Ich erläutere ihnen den Sachverhalt:
Seit Menschen an Flüssen siedelten, sie oft auch als Transportwege nutzten, benannte man die Seiten der Flüsse in „rechtes“ oder „linkes“ Ufer – immer von der Quelle aus gesehen. So entstanden Bezeichnungen wir „rechtsrheinisch“ oder „linksnilig“ usw.

Dieses Verfahren wurde viele Tausend Jahre lang angewandt, führte aber oft zu ärgerlichen Missverständnissen. Denn an manchen Ufern, auf manchen Brücken ist die Fließrichtung des Gewässers nicht eindeutig zuzuordnen. Bei Niedrigwasser und bei Staustufen beispielsweise. So bürgerte sich nach und nach ein Himmelsrichtungszusatz ein: „Ostelbisch“, „südlahnig“ oder „westweserisch“ wurden zu festen Begriffen. Das machte die Sachlage jedoch eher unklarer. Nicht jeder hat ja – wie zum Beispiel Lothar – immer einen Kompass bei sich.

So entschieden in den 1960er Jahren die internationalen Geografischen Gesellschaften, in Zukunft die internationalen Flussufer nach ihrer geografischen Lage in Bezug auf den Wuppertaler Stadtteil Sonnborn zu benennen. So hat jedes Gewässer der Welt ein „Sonnborner Ufer“.
Das andere Ufer wird schlicht als das „andere Ufer“ bezeichnet.

Dies ist eindeutig bzw., wie wir Mathematiker sagen, EINEINDEUTIG.

Das bedeutet z.B., dass Rheinberg am „anderen“ Ufer des Rheins, Ulm am „Sonnborner Ufer“, Neu-Ulm dagegen am „anderen Ufer“ der Donau liegt. Whitby liegt an beiden Ufern des Esk. Wir sitzen am „anderen“, die Ruine und die St. Mary’s Church stehen am „Sonnborner Ufer“. So einfach und so klar.

Meine Freunde meinen, wir sollten doch lieber mal aus der Sonne gehen. Sie meinen wohl mich.

Das tun wir dann auch; denn wir sind ohnehin in wenigen Minuten am Busbahnhof von Whitby verabredet. Mit dem Bus geht es nach Robin Hood's Bay, einem kleinen Küstenörtchen ca. zehn Kilometer südlich.

Der Bus fährt eigentlich nach Scarborough. Da wäre ich noch lieber hingefahren. In erster Linie wohl wegen der Ballade *Scarborough Fair*. Im Bus sitze ich neben Luzia. Sie kennt – natürlich – dieses alte Volkslied auch. Und sie erzählt mir, was der immer wiederkehrende Refrain „Parsley, sage, rosemary and thyme" bedeutet. Alle diese Kräuterpflanzen waren in früheren Zeiten Schutzmittel gegen das Böse im Allgemeinen und den Bösen Blick im Speziellen. Gut zu wissen!
Rosmarin, so Luzia weiter, stehe außerdem für „Beständigkeit", Thymian für „Fruchtbarkeit", Petersilie und Salbei für irgendetwas anderes. Möglicherweise für Petersilie und Salbei.

Robin Hood's Bay ist ein kleiner verwinkelter Fischerort.
Angeblich fand hier Robin Hood Unterschlupf.
Angeblich wurde hier von See aus geschmuggelt.
Angeblich betätigten sich die Robin Hood's Bayler nicht immer und nicht nur als Fischer, sondern mitunter auch als See- und Strandräuber. Why not? Robin Hood Unterschlupf zu gewähren, ist allemal aller Ehren wert. Ein richtig schöner Ort und eine richtig schöne Teestube mit hervorragenden Backwaren.

Von Robin Hood's Bay machen wir uns auf dem nationalen Fernwanderweg *Cleveland Trail* auf in Richtung Whitby.
Der Weg ist sensationell. Er führt immer fast unmittelbar an der Küste, die hier meist Steilküste ist, entlang und gibt herrliche Blicke frei.
Es gibt tatsächlich massenhaft andere Seevögel als die uns hinlänglich bekannten Möwen. Sie siedeln an und in der Steilküste.
Lothar stellt mir die meisten Arten mit Namen vor.

Eine vollkommen „neue“ Art der Fortbewegung. Ansonsten im Sitzen und trampelnd – nun schreitend, mal rauf auf eine hohe Klippe, mal runter bis fast an den schmalen Strand.
Das ist alles sehr entspannend.
Zum wiederholten Mal danke ich Wolfgang für die Programmgestaltung.
Er strahlt und freut sich, dass es uns allen so gut geht.

Nach und nach zieht sich das Feld der Wanderer auseinander.

Eine lange Strecke gehe ich mit Bettina, Heidi und Doris. Wir schwärmen von der wunderschönen Natur – rechts die blaue Nordsee, links sattgrüne Wiesen und Weiden mit Kühen und Schafen.
Irgendwann verliere ich den Anschluss an die fröhlich aufeinander einplappernden Kolleginnen und schlendere alleine am Meer entlang.

Lina und Gertrud holen mich ein. Wir gehen ein paar Meilen miteinander und ich lerne die beiden in dieser Stunde erst richtig kennen und lieben. Dann sind auch sie schneller.

Ich mache Pause auf einer Bank und genieße den 180-Grad-Rundblick auf das Meer. Ich summe leise *Scarborough Fair* vor mich hin und bin froh und glücklich mit mir und der Welt.

Great Ayton

Gestern Abend haben wir nach dem langen Gang über den *Cleveland Trail* mit großem Appetit gegessen und anschließend mit unseren englischen Freunden gelacht, gescherzt und gezecht.
Im Hof von *Shepard's Purse* haben wir dann noch leise und mit sehr viel Gefühl den *Twin Town Blues* auf dem Kazoo intoniert.
Hörte sich total gut an und die Möwen kreischten Applaus.

Im Dachgeschoss haben Herbert und ich anschließend den Möwen-Lärm zu übertönen versucht und über unsere geplante Aufführung des *Anton-von-der-Gathe*-Sketches, den wir in unserer Partnerstadt aufführen wollen, gesprochen.

Der „Anton" beschreibt in einem alten auf Elberfelder Platt gesungenen Lied, wie ein Junge namens Anton gerne Ritter werden will. Nur hat er nichts, aber auch gar nichts, was ihn zu einem ordentlichen Ritter machen könnte.
Jedoch hat er eine höchst einfallsreiche Mutter.
Das Lied beginnt damit, dass Anton ein Pferd bräuchte, um ein amtlicher Ritter zu sein. Hat er nicht. Da besorgt ihm seine Mutter einen „Hippenbock". – Gemeint ist ein Ziegenbock und darauf setzt sie den Anton. Im Lied heisst es: „Hippenbock – Anton dropp! Wor datt nitt ne schöne Ridderei?" – Und der Chor erwidert: „Jo, datt wor ne schöne Ridderei."

In der nächsten Strophe geht es dann um den fehlenden Sattel.
Antons Mutter besorgt dafür ein kleines, aber preisgünstiges sogenanntes „Zwei-Pfennigs-Brötchen". „Zweipenningsbröttchen onger datt Föttchen, Hippenbock – Anton dropp! Wor datt nitt..."
Jo, datt wor..."

In den folgenden Versen kommen immer mehr Ausrüstungsgegenstände dazu. Für die Rüstung muss eine Gartentür – „Gaadendöör hengen vör"

– und ein Ofenrohr – „Owespiep öm dat lief" – dienen, als Helm ein Suppentopf – „Soppenpott opp den Kopp" – und so weiter und so weiter.

Am Ende gibt es den ellenlangen Refrain, der auf „Gaadendöör hengen vör; Owespiep öm dat lief; Soppenpott opp den Kopp; Zweipennings-bröttchen onger datt Föttchen; Hippenbock – Anton dropp! Wor datt nitt …" endet.

In meiner Großfamilie wurde dieses Lied – auch pantomimisch untermalt – eigentlich an allen Geburtstagen und Feiertagen gerne und laut gesungen. Ausnahmen waren Karfreitag und Totensonntag, an denen sich die Familie auch bei der Uroma in der Varresbeck traf, aber nicht sang.

Wir haben uns die nicht leichte Aufgabe gestellt, dieses Anton-Lied
a) von „Ritter" auf „Radler" umzutexten,
b) ins Englische – im Idealfall in den nordenglischen Geordie-Dialekt – zu übersetzen und
c) all das auch auf der Bühne darzustellen mit allen Requisiten, deren es dafür bedarf.

Jürgen scheint uns der geeignete Darsteller des Antons zu sein. Jeden Tag werden in der Gruppe neue Ideen vorgetragen, diskutiert, teilweise verworfen, neue entwickelt. Es ist spannend.
Wir haben nur noch vier oder fünf Tage bis zur Welt-Uraufführung.
Irgendwann schlafen wir trotz Möwen-Attacken mit Anton-Gedanken und Anton-Ideen ein.

Heute Morgen nach dem Breakfast und vor der Abfahrt habe ich in meinem Büdchen noch eine britische Flagge gekauft.
Sie war preiswerter als das 7,5 Gramm-Päckchen Tabak.
Ein *Union Jack* im DIN A0-Format.
Ich will bei einem möglichen Empfang – vor zwei Jahren bei unserer Ankunft in South Tyneside war er gigantisch – nicht mit leeren Händen winken.

Und endlich sitzen wir wieder auf dem Rad.
Über die Brücke ans „andere“ Ufer.
Schnell aus der Stadt heraus auf gut asphaltierten, kurvenreichen und einigermaßen verkehrsarmen Straßen mit gutem Stundenschnitt in einer überwiegend flachen Gegend.
Traumhaft.
Links zu fahren ist inzwischen zur Selbstverständlichkeit geworden.
Und das Fahren in einer Gruppe klappt traumwandlerisch sicher.

Luzia kräht über fünf, sechs Positionen hinweg: „Michaeeel, wie weit sind wir schon gefahren?“
„12 Kilomeeeeter!!!!“
Und das in einer guten halben Stunde!

Es geht tatsächlich sehr, sehr zügig voran.
Offensichtlich sind alle froh, nach dem Ruhetag wieder auf dem Rad zu sitzen und neuen Zielen entgegen zu fahren.

Die Tendenziell-leicht-bergab-Fahrt endet jäh, als Tom an der Spitze plötzlich rechts abbiegt. Zwischen Hecken geht es im Zick-Zack-Kurs steil bergan. Mit mir müssen die meisten das Rad schieben. Gertrud fährt, will nicht absteigen, scheucht mich davon und trampelt straight an mir vorbei. Fast alle sind schon oben, als Lina und ich als letzte in einer kleinen Ortschaft ankommen. Hier verläuft eine – gottlob – gut asphaltierte kleine Straße in Richtung Norden.

Kleine Pause und ein wunderbarer Blick zurück in das grüne Tal aus dem wir kamen. Mit der Steigung sind wir ganz sicher mehr als einhundert Höhenmeter geklettert. Der Blick ist so beeindruckend wie beispielsweise der von der Königshöhe auf Sonnborn hinunter.

Das Asphalt-Vergnügen hält leider nicht lange an. Von der Straße zweigt ein mehr als holpriger Weg ab und führt in einer schier unendlichen Strecke leicht bergan geradeaus über eine kahle Heidelandschaft. Man muss sich auf diese Steigung einfach einlassen.

Jeder und jede fährt ihr eigenes Tempo.
Das *Grüne-Weg*-Peleton zieht sich weit auseinander.

Mit Tempo „8" – das ist hier und heute das meinige – bummele ich die Schotterstrecke hinauf. Langsam höher und höher.
Ich höre Lerchen hoch oben zwitschern und ich sehe Raubvögel in der Luft flattern. Bald ist eine Anhöhe erreicht, die rechter Hand den Blick auf das Meer freigibt. Immer weiter geht es sanft bergauf.
Es ist so etwas wie das, was wir Physiker „schiefe Ebene" nennen.

Unendliche Weite.
Mit jedem Pedaltritt wird der Nordsee-Blick weiter.
Was ist „gegenüber"?
Dänemark?
Oder – wir bewegen uns ja schon tagelang in nördliche Richtung – ist gegenüber bereits Norwegen?
Von dort kamen damals die Eroberer von York und Whitby und Scarborough, die Plünderer von Rievaulx Abbey.

> Ich denke an die wunderbaren Menschen, die ich in Norwegen kennenlernen durfte. Zum Beispiel an Eija.
> Auf unserer damaligen Autofahrt machten Bello und ich eine Tank- und Kaffepause in Brunkeberg.
> Mit den netten „Eingeborenen" entwickelte sich schnell ein nettes Gespräch über das „Woher" und „Wohin", und die Leute empfahlen uns gute Zeltplätze, sowie ganz dringend hier – im schönen Brunkeberg – eine größere Pause zu machen. Heute Abend fände nämlich das legendäre Brunkeberger Sommerfest statt. Es gäbe erstklassige Live-Musik, es gäbe gegrillte Köstlichkeiten und es gäbe sogar richtigen Alkohol.
> Und eine traditionell tolle Stimmung sowieso.
> Dies alles zu verpassen, sei eine Sünde.
>
> Wir schlugen also unser Zelt auf, verschliefen den Nachmittag im Schatten vor dem Zelt, und, als wir dem Sonnenstand entnah-

men, dass es jetzt irgendwie Abend sein könnte, zogen wir uns um und brachen auf zum Brunkeberger Sommerfest.
Ich trug meine längsgestreifte Lieblingshose.

Die Veranstaltung fand auf einer Lichtung im dichten Brunkeberger Mischwald statt. Die Töne der zweit- bis drittklassigen Musik-Kapelle brachte uns zum Ziel.
Es gab eine aus Holz gezimmerte Bühne, auf der musiziert wurde. Es gab einen hölzernen Wurststand und es gab einen Stand, an dem gezapftes Bier feilgeboten wurde.

Das Fest befand sich bereits in einem fortgeschrittenen Stadium. Quer über die Wiese lagen überall Männer und schliefen, hatten offensichtlich zu sehr vom frischen Bier genascht.
Die anderen Besucher schritten vorsichtig über die Liegenden hinweg. Die Band hatte im Übrigen wohl auch schon genug und machte eigentlich nur noch Lärm.

Wir sprachen zunächst mal der unappetitlichen feuerroten Bratwurst zu, um eine Unterlage zu haben und kamen dabei mit sehr netten Damen ins Gespräch. Die eine oder andere kannten wir schon aus der Kaffeestube von heute Mittag. Die Damen freuten sich offensichtlich über unser Kommen, freuten sich wohl insbesondere über Männer, die zum einen neu in Brunkeberg waren und zum anderen noch nicht trunken in der Gegend und im Weg zum Bierstand herumlagen und ihnen das Brunkeberger Sommerfest verdarben.

Eija sprach Englisch und gab vor, Lehrerin in Trondheim zu sein und hier ihren Urlaub zu verbringen. Ich stellte mich ebenfalls als Tourist vor und gab auch meinen wirklichen Namen an. Nach der fiesen Wurst holte ich mir ein Glas des sehr dünnen Bieres und brachte Eija auch eines mit.
Sie freute sich sehr und wir plauderten wirklich nett und entspannt miteinander.

Ein richtig schöner Sommerabend im Brunkeberger Wald.

Nach ein, zwei Tänzchen zu dieser öden und uninspirierten, dazu auch noch mit zahlreichen falschen Tönen gespickten Musik sowie einem zweiten kleinen Bierchen der dünnen Art blickte mich die Lehrerin aus Trondheim unvermittelt sehr intensiv an, nahm mich an den Händen und zog mich weg von der Lichtung hinein in den Brunkeberger Wald.
Zudem verfiel sie von einem Moment zum anderen vom Englischen in einen mittelnorwegischen Dialekt.

Was immer die Gute vorhatte, es schien ihr sehr dringend und sehr eilig zu sein.
Hinein ins Gebüsch.
Im Hintergrund wurde *Bad Moon Rising* intoniert.
Alle Mutmaßungen über die Freizügigkeit und Spontaneität skandinavischer Mädchen – besonders im sexuellen Bereich – so wie sie an Sonnborns Theken kolportiert wurde, schienen tatsächlich der Wahrheit zu entsprechen – ja, von der Realität gar übertroffen zu werden.
Unglaublich.
Wenn ich das in Sonnborn erzähle!
Mein Puls schnellte mit dem Blutdruck hoch.
Ich fühlte mich zwar ein wenig überrumpelt – aber:
Ich war bereit!

Nach nur wenigen norwegischen Metern blieb Eija stehen, lehnte sich an eine Birke, legte beide Arme auf meine Schultern, blickte mich mit einem Blick an, den ich noch nie – wirklich nie – in den Augen einer Frau gesehen hatte…

… und kotzte mich in hohem Bogen von oben bis unten voll. – Huch!

Das zweite, wahrscheinlich schon das erste Bier war wohl zu viel gewesen. Und zum ordentlichen Übergeben brauchte sie Beistand und Stütze.
By the way: Ich habe Zeit meines Lebens immer am liebsten alleine gebrochen. Aber: Andere Länder, andere Sitten.

Tja, niemals zuvor und wohl auch niemals danach habe ich blöder aus der Wäsche – inkl. der gestreiften Lieblingshose – geguckt.
Gelernt habe ich unter anderem daraus, bei sehr plötzlich und unvermittelt vorgeschlagenen Standort- bzw. Richtungswechseln in Zukunft allergrößte Vorsicht walten zu lassen.
Zudem, dass die Welt voller Überraschungen ist.

Über diese dunklen Gedanken haben wir die höchste Höhe der schiefen Ebene erreicht. Ein toller Rundumblick.
Rechts das Meer – dahinter Brunkeberg.
Voraus am Horizont eine Landmarke auf einem Berg.
„Das ist Captain James Cook, beziehungsweise sein Denkmal", ist die Auskunft von Luzia. „Dahinter liegt Hartlepool. – Da habe ich während meines England-Studienaufenthalts gelebt."

Voraus aber auch – sehr erfreulich – eine wunderbare Abfahrt. Am Ende dieses Genusses, der allerdings die Mühen eines 60-Minuten-Anstiegs in 5 Minuten zunichte macht, steht eine große schöne Pause im *North York Moors National Park Centre* in Danby an. Es gibt ein informatives Museum und vor allem ein Café mit einem wunderbaren Garten.

Bei Kuchen und Tee sitze ich mit Lina und Luzia in der Sonne Nord-Englands. Ich erzähle den beiden, die ich noch keine zwei Wochen kenne, meine schlimmsten Erfahrungen der letzten Monate.
Vor acht Wochen bin ich glatte „Fünfzig" geworden.
Ich habe nicht gefeiert, nur getrauert und gemault, war verzweifelt und habe mein Leben nun als mehr oder weniger beendet betrachtet.
Das fing bereits am 49. Geburtstag an und steigerte sich von Tag zu Tag.

Und das war nicht nur für mich schwierig und quälend, sondern insbesondere für mein gesamtes Umfeld eine ziemliche Zumutung.

Die beiden Frauen sind voller Empathie und trösten mich sehr einfühlsam. Lina nimmt mich in den Arm und drückt mich fest.
Ein paar kleine Tränen.

Bis zum Zielort Great Ayton ist es nicht mehr weit. Die Gegend ist nicht mehr länger einsam, die Straßen sind gut ausgebaut, es ist flach, kleine schmucke Dörfchen unterwegs.
Wir kommen Captain Cook bzw. seinem Denkmal näher und näher.

Great Ayton ist ein schönes kleines Städtchen ohne jede Möwen- oder sonstige Belästigung, mit einem urigen Pub und einem erstklassigen Abendessen. Danach einer dieser lustigen Pub-Abende mit unseren englischen Freunden. Ich trinke Bitter-Lemon ohne Nix und mache mich mit Bettina und Luzia auf den Weg zu unserer wunderschönen B&B-Pension am Rande des Stadtzentrums von Great Ayton.

Das Haus hat etwas Museales, lehnt sich im Mobilar- und Gesamtdesign an Castle Howard an. Besonders das Badezimmer mit seinen geschwungen und vergoldeten Armaturen. In meinem historischen Bett mit Art-Deco-Nachttisch-Lämpchen will ich, umgeben von massenhaftem Plastik-Blumenschmuck – rosa Rosen – noch ein wenig in meinem seit fünfhundert Kilometern mitgeführten Buch *Der Fänger im Roggen* lesen. Leider ist das dünne Bändchen zwischen Niel und Nijmegen in der Lenkertasche nass geworden, die Seiten kleben aneinander und sind wegen aufgeweichter Tabakkrümel gelb-braun verfärbt.
Schade.
Das andere Buch, *Blue Highways*, ist überhaupt nicht mehr zu gebrauchen. Naja – in den bisherigen zwei Wochen bin ich ja auch noch nicht ein einziges Mal zum Lesen gekommen.
Es passiert ganz einfach zu viel – Tag für Tag, Stunde um Stunde.

Ich schlafe tief und fest und traumlos.

DURHAM

Schon am frühen Nachmittag kommen wir in Durham an.

Es war eine schöne, eine eher gemütliche Strecke durch Täler, an Bächen und kleinen Flüsschen entlang.
Abenteuerlich allerdings war die Überquerung einer autobahnähnlichen Schnellstraße, als immer nur zwei oder drei von uns nach „Erst rechts, dann links, dann geradeaus…“ zunächst bis zum Grünstreifen und dann in einem zweiten „Run“ sich mit den Rädern zum anderen Ufer kämpfen mussten.

Sehr schön ein Streckenabschnitt auf einer aufgelassenen alten Bahntrasse mit einer Picknick-Pause an einem alten Bahnhof.
Hier spielen wir übungsweise den *Twin Town Blues* so gut wie niemals zuvor und wahrscheinlich auch nie mehr danach.

Durham liegt an einer großen Schleife des Flusses Wear und ist eine Stadt mit einer ca. 4.000 Jahre alten Geschichte. Innerhalb der Wear-

Schleife steht hoch oben auf dem Berg die mittelalterliche Altstadt, die mächtige Kathedrale und eine sehr stabil wirkende Burg – beide aus normannischer Zeit. Mönche aus Lindisfarne haben auf der Flucht vor den Wikingern hier eine Kirche erbaut und den sterblichen Überresten des Heiligen Cuthbert eine letzte Ruhestätte gegeben.

Auf dem Weg zu unserem Hotel umrunden wir die Stadt fast komplett. Auf dem Wear fahren kleine Kähne und Sport-Studenten rudern in ihrem Achter. Die wunderschönen Trauer-Weiden am Ufer berühren den gemächlich dahin dümpelnden Fluss – Schwäne im, Bachstelzen am Rande des Gewässers. Eichhörnchen galoppieren die prächtigen Platanen rauf und runter.

Schon bevor wir die Stadt erreichen, habe ich ein richtig gutes Gefühl.

Ein Rundgang führt uns durch die wuselige Altstadt hinauf zu Kathedrale und Burg.
Die Stadt ist voller Menschen.
Es ist Semesterende und *Graduation Day*.
Viele Studenten eilen in ihren Roben begleitet von ihren Familien und Freunden zu ihrer Graduierung in die Kirche.
Von Minute zu Minute wird mein Gefühl, falsch bekleidet zu sein, größer.

Wie in York und in Whitby gibt es auch in Durham zahlreiche Straßenmusiker, darunter einen Jungen, der zur Gitarre ins Kazoo bläst.
Und er macht es richtig gut.

Ich sitze auf der Mauer, blicke weit ins Tal des oder der Wear.
Ich weiß oft nicht so genau um das Geschlecht eines Flusses, besonders im Ausland nicht. Die meisten Flüsse sind weiblich – so wie die geliebte Wupper, die Erft und die Urft, die Sieg, die Lahn, die Ruhr und die Rur, die Lippe und die Emscher. Die richtig Großen sind allerdings männlich: der Rio Grande, Po, Rhein, Amazonas, Mississippi, Nil, Inn, Sambesi, Orinoko, Mekong, Ob, Yanksekiang…

Woran mag das liegen?

Seit Tagen – so fällt mir auf – habe ich überhaupt nicht mehr an zuhause gedacht. Vor allem nicht an die Umweltberatung, meinen Job im Barmer Rathaus. Man kommt gar nicht dazu.
Jeden Tag passieren so viele Dinge, gibt es so viele neue Eindrücke.
Es ist ein großer und unbeschwerter Rausch.
Wie unendlich weit liegen Hochofen und Glühwürmchen von Duisburg, das Rheinberger Sommerfest, die Milleniums-Uhr von Gouda zurück!
Und unsere Abfahrt aus Barmen mit allen meinen Zweifeln war irgendwie in einem anderen Leben.

Ich betrete das riesige Kirchenschiff von Durham Cathedral und schlendere langsam durch den Kreuzgang des anliegenden Klosters. Still ist es hier – im Gegensatz zum bunten Treiben in der Stadt.
Auf dem Weg zurück zum Hotel entdecke ich ein Schild, dass die zahlreichen Partnerstädte Durhams aufzählt.
In Deutschland sind es Tübingen und Wesel.

Unser Team hat weitere Verstärkung erhalten.
Die englischen Freunde Keith, Bede und Brian wollen uns auf unserer morgigen – der letzten – Etappe ins Ziel führen.

Beim abendlichen Bier initiieren Herbert und ich eine Diskussionsrunde unter dem Titel „Der Grüne Weg und die Sieben Todsünden / Chance oder Risiko?“.
Den Anstoß gab Gertruds Anmerkung nach dem Dinner, dies hier sei die ultimative „Völlerei“.

Unsere Freunde nehmen regen Anteil an der improvisierten Talk-Show. Neben der genannten „Völlerei“ sind – wir haben sie nach dreißigminütiger Recherche komplett beisammen – „Hochmut“, „Habgier“, „Wollust“, „Zorn“, „Neid“ und „Trägheit“ die anderen biblischen Todsünden. Meine Anmerkungen, dass „Querpass vor dem eigenen Strafraum“, „Pflaumen essen und Wasser drauf trinken“, „Erhitzt ins Becken springen“ sowie „blanke Zehn ausspielen“ eigentlich ebenfalls in diesen Katalog gehören, können die meisten Diskussionsteilnehmer nicht teilen.

Im Folgenden werden die verschiedenen Sünden durchdekliniert, werden Verbindungen und Abhängigkeiten definiert:
„Völlerei führt zu Trägkeit.“
„Hochmut schließt Neid aus“ u.ä.
Oder sie werden klassifiziert:
„Wollust ist gar nicht so schlimm, eigentlich nicht mal `ne richtige Sünde.“
Der eine oder andere der Experten schildert gar erlebte Sündenfälle in der einen oder anderen der sieben Kategorien.
Für meinen Teil jedenfalls kann ich „Habgier“, „Zorn“ und „Neid“ kategorisch, „Hochmut“ weitestgehend ausschließen.
Und mit den drei restlichen kann ich leben.

Mehr und mehr einsetzende Trägheit bei den meisten Diskutanten und die Tatsache, dass morgen wieder ein Radfahrtag ansteht, treibt uns gegen Mitternacht in die Betten.

Mit Herbert grüble ich noch ein wenig über noch zu besorgende Requisiten für den „Anton“ nach. Wir brauchen dringend eine Nachttischlampe, damit Jürgens Fahrrad auch beleuchtet ist. Und einen Suppentopf als Helm. Und irgendetwas, das eine Klingel ersetzt.

Über alle diese „Probleme“ schlafe ich ein.

SUNDERLAND

Schon früh bin ich auf den Beinen, auch weil ich ein ganz klein wenig aufgeregt bin heute – vor dem letzten Teilstück unserer Reise.

Noch vor dem Frühstück gehe ich eine kleine Runde, stehe auf der Brücke über den oder die Wear und beobachte die erwachende Stadt. Uniformierte Kinder gehen zur Schule, Omas mit Korb zum Markt, ein Junge mit Gitarrenkoffer in Richtung Altstadt. Ein neben mir stehender Mann blättert in seiner Zeitung und findet den Sportteil. Schwäne rudern gravitätisch flussauf- und abwärts und aus einem an der Brücke parkenden Auto dudelt *Summer in the City*.
Good morning, Durham!

Der erste Touristenbus kommt an.
Dann der Linienbus nach South Tyneside.
Mensch, so nahe sind wir unserer Partnerstadt schon!
Man könnte einfach in den Bus steigen und wäre in einer Stunde oder so am Ziel.

Ausnahmsweise gehe ich beim Breakfast über meine „Toast-Orangenmarmelade-Grenze" und fasse Mushrooms, Bacon and Eggs.
Man weiß ja nicht, wie schwer der heutige Tag wird.
Das Wetter ist wieder einmal prächtig, die Stimmung im Team hervorragend. Auf meinem Kazoo blase ich zur „Attacke" und wir fahren fast pünktlich los.

Der *Grüne Weg* führt zunächst einmal weiter am Wear entlang, nimmt ein paar Hügelchen und anschließend wieder eine frühere Bahntrasse in Richtung Sunderland und Meer. Die Trasse ist sehr gut ausgebaut und hat die Besonderheit, dass ca. alle 200 Meter sogenannte „Drängelgitter" stehen.
Wir nennen sie der Einfachheit halber „Poller".
Damit sollen wohl Fußgänger, die den Radweg kreuzen, geschützt werden. Aber alle paar 218 Yards???!!!

Beim *Grünen Weg* gilt die Regel, dass der an der Spitze fahrende Radler jeden Poller – ebenso wie andere Gefahrenquellen am Weg, z.B. Löcher, Pfützen, Äste, Schnecken, Terrier, usw. – ansagt, d.h. laut „POLLER!“ ruft.
Dieser Ruf wird dann vom zweiten, dritten, x-ten wiederholt.
Wenn der Vorletzte der Gruppe „POLLER“ gerufen hat, sagt der Letzte: „DANKE“. Bei unserer heutigen Gruppenstärke wird somit bei jedem Hindernis zwanzig Mal „Poller“ und einmal „Danke“ gerufen.
Doris hat die Angewohnheit „POLLER-POLLER-POLLER!“ zu rufen.
Zwischen Durham und Sunderland schallt geschätzte 800-mal der Poller-Ruf durch die ansonsten friedlich ruhige Landschaft.

Die exorbitante Poller-Dichte führt aber auch zu einer signifikanten Senkung des Stundenschnittes. Bis 21 Räder es durch so eine Sperre geschafft haben, braucht es einiges an Zeit.
Es entstehen kleine Staus und diese wiederum ermöglichen den Radlern, doch mal die Jacke auszuziehen und in der Tasche zu verpacken.
Oder ein neues Trikot anzulegen.
Oder „mal eben“ etwas am Rad zu richten.
Oder einen Apfel aus der Tasche zu krosen.
Oder eine dünne Zigarette zu drehen.
Und vor allem, die Umgebung zu fotografieren.
Man kennt das.

Bei diesen zahlreichen Poller-Pausen fallen mir die Ortsschilder nach rechts und links auf: „Hetton-le-Hole“, „Houghten-le-Spring“, „Chester-le-Street“.
Seltsam.
Mutet alles irgendwie französisch an, erinnert mich an Orte wie Juan-les-Pins oder Chalon-sur-Saone.
Ob diese Namensgebung etwas mit der Missionierung durch die französischen Mönche zu tun hat?
Peut-être!

Das erste nennenswerte Bauwerk in Sunderland ist – abgesehen von zahlreichen riesigen Brücken, die unseren Weg überspannen – das *Stadium of Light*, die neuerbaute Fußball-Arena. Hier spielt der FC Sunderland.
Mal in der ersten, mal in der zweiten Liga.
Irgendwie stehen sie immer ein wenig im Schatten der Magpies, ihrer Nachbarn von Newcastle United. Es gibt eine heftige Rivalität zwischen diesen beiden nordenglischen Clubs – in etwa zu vergleichen mit Schalke 04 vs. Borussia Dortmund oder SC Sonnborn vs. FSV Vohwinkel.

Zu gerne würde ich diesem Fußball-Tempel jetzt einen Besuch abstatten.

Aber der *Grüne Weg* ist gerade in Schwung, schaut weder links noch rechts, radelt am *Stadium of Light* einfach schnöde, wort-, gruß- und stillos vorbei.
Wie gerne hätte ich einmal in einem solchen Stadion gespielt!
Mein Fußballer-Herz wird schwer.
Einmal in so einem Stadion spielen.
Nur ein einziges Mal.

Damals spielte ich in Arenen wie dem Freudenberg, der Kaiserhöhe, auf Mallack, im Sonnborner Hafen, opp Linde oder an der Clausewitzstraße. Und es war ein ganz übler Aschenplatz in der übelsten Ecke von Remscheid, als ich an einem übel-trüben Novembertag des Jahres 1978 in der Halbzeit meinem Trainer sagen musste: „Trainer, es geht nicht mehr. Es hat keinen Zweck. Das Knie, das Knie, das blöde Kniehie!"
Das war mein letztes, mein allerletztes Spiel.

So ging eine Karriere traurig zu Ende. – Nicht mit einem Abschiedsspiel mit einem Milu-All-Star-Team und anschließender Ehrenrunde und Feuerwerk und all das in einer würdigen Umgebung wie so einem *Stadium of Light* oder *St. James' Park* – nein, der Vorhang fiel irgendwo im Remscheider November-Nebel.
Traurig!

Mein fußballerisches Erweckungserlebnis hatte ich am 30. Juni 1954. Deutschland spielte im Weltmeisterschafts-Halbfinale gegen Österreich.
In der Wirtschaft Brögeler am Sonnenbrunnen saß ich auf dem Kneipenboden vor einem winzigen Fernsehapparat. Hinter mir saßen und standen neben meinem Vater fünfzig fußballbegeisterte Männer.
Das Spiel war wunderschön.
Ich erkannte schon als Fünfjähriger die Kunst, die Anmut und die Ästhetik und beschloss spontan, mein Leben dieser Sportart zu verschreiben.

Bekräftigt wurde ich in meinem Entschluss, als fünf Tage später Deutschland tatsächlich Weltmeister wurde.
Wir hörten das „Wunder von Bern" im Radio und als Herbert Zimmermann nach neunzig Minuten „AUS, AUS, AUS – DAS SPIEL IST AUS! – DEUTSCHLAND IST WELTMEISTER!" schrie, öffnete mein Vater – ein ansonsten sehr ruhiger, sehr besonnener, sehr kontrollierter Mann – das Fenster und brüllte seinerseits ein mehrfaches „HURRA" in die Sonnborner Gegend. In den umliegenden Häusern hatten sich auch die Fenster geöffnet und die anderen Papis riefen ebenfalls: „HURRA!"

An diesem 4. Juli wusste ich, dass Fußball auch emotionale Aspekte hat. Und das mal nicht zu knapp.
Von diesem Tag an war ich dem Fußballsport verfallen, ging jeden Sonntag mit Papi zu Spielen des Wuppertaler SV und mit Opa zum SC Sonnborn.

Und in meiner Freizeit tat ich praktisch nichts anderes als Fußball zu spielen. Mit zehn, elf Jahren war ich technisch perfekt. Leichte Defizite im körperlichen Bereich, beim Zweikampfverhalten, bei der Antrittsschnelligkeit, beim Torschuss und besonders beim Kopfballspiel kompensierte ich durch eben diese Technik am Ball, große Laufbereitschaft, strategischen Weitblick, großes Selbstbewusstsein und einer daraus resultierenden „großen Klappe“.

Mit zarten fünfzehn Jahren debütierte ich beim Spiel gegen das Gymnasium Bayreuther Straße in der Schulmannschaft. Ich glaube, dass ich keinen wirklichen Ballkontakt hatte. Die Gegenspieler waren 18, wenn einmal sitzengeblieben, 19 oder, wenn sie mehrmalige Wiederholer waren, 20 oder mehr Jahre alt. In dem Alter macht das einen Unterschied.

Auch meine Mitspieler – alles Primaner – nahmen mich als Neuling nicht wirklich ernst. Ich war doch der, der immer noch einen Tornister trug und auch der, der trotz einer Größe von 1,85m wegen bislang ausgebliebenen Stimmbruchs noch immer im Schulchor Sopran sang.
Neben Sextaner und Quintanern.
Mit „so einem“ spielt man keinen Doppelpass.
Ein erster Rückschlag einer hoffnungsvollen Karriere.
Diese wurde auch dadurch behindert, dass in meinem Elternhaus eine seltsame und absolut sportfeindliche Regel strikte Anwendung fand: „ZUERST die Hausaufgaben – DANN auf den Sportplatz!“

Ich bin sicher, dass dies beispielsweise bei den Familien Netzer, Overath und Cruyff in Mönchengladbach, Köln und Amsterdam vernünftigerweise genau umgekehrt gehandhabt wurde.
Darum spielten diese Sportkameraden dann später auch bei Borussia Mönchengladbach, beim FC Köln, bei Ajax, Real und Barca – und nicht wie ich bei vergleichsweise unbedeutenderen Vereinen wie dem SC Sonnborn 07, dem BV 85 oder dem PSV Wuppertal, wobei ich an dieser Stelle den Begriff „Klömpkes-Clubs“ ganz bewusst vermeide.

In diesen durchaus liebenswerten, aber eben drittklassigen Vereinen und auf jenen schrecklichen viert- bis fünftklassigen Ascheplätzen kickte ich mich von einer Knieverletzung zur nächsten und beendete recht früh meine Spielerlaufbahn im Trikot der BSG Gebhardt-Togo.
Zu besonderen Anlässen zeige ich an meinem oberen Oberschenkel die Reste schwarzer Asche – Andenken vom Sportplatz Widukindstraße. Jetzt noch – und wohl für alle Zeiten – unter meiner Haut.

Einmal nur im *Stadium of Light* auflaufen, auf sattgrünem weichen Rasen.
Nur einmal!

Ich habe – auch wegen dieser dunklen Gedanken – glatt verpasst, dass wir inzwischen angekommen sind und unsere Räder am Glasmuseum von Sunderland abgestellt haben.

SOUTH SHIELDS

Das *National Glass Centre* in Sunderland ist der letzte „Kulturstopp“ dieser Reise. Es zeigt in großer Vielfalt die verschiedenen Aspekte der Glasindustrie, die hier seit vielen Jahrhunderten beheimatet ist. Auch zahlreiche gläserne Kunstgegenstände sind ausgestelltt.
Vom Dach des architektonisch hoch interessanten Gebäudes blickt man durch den Glasboden in alle Etagen hinab.
Auch die Kantine ist ansprechend und stärkt uns für den Schluss-Spurt.

Bei der Tour de France wird dieser letzte Abschnitt „Tour d`Honneur“ genannt. Also: Kazoo raus und „Attacke“ blasen!
Auf zur allerletzten Etappe.
Ein Blick zurück in Richtung *Stadium of Light.*
Der Blick nach vorne längs der Küstenlinie in Richtung Norden.
Es sind nur noch wenige Meilen.

Von Weitem sieht man schon das *Souter Lighthouse*, den Leuchtturm von South Tyneside, im Sonnenlicht.
Ganz weit hinten die Gebäude von North Tyneside, hoch auf der Klippe die Klosterruine am „anderen Ufer“ des Tyne.

Am *Souter Ligthouse* der letzte Stopp, der allerletzte dieser langen Reise.
Wir alle sind ein wenig aufgeregt.
Ich hole den Union-Jack aus der Packtasche.
In langer Kette radeln wir auf den sattgrünen Wiesen der *Leas* oberhalb der Steilküste unserer Partnerstadt entgegen.

Die letzten Meter am Strand entlang.
Ella und ich nehmen jeweils eine Ecke der englischen Flagge und lassen sie zwischen uns im Fahrtwind flattern.
Noch eine letzte Kurve und wir sind da.
Angekommen am Little Haven!
Angekommen in South Shields.

Hier haben sie auf uns gewartet.
Hier stehen sie, die vielen Freundinnen und Freunde aus unserer Partnerstadt. Sie winken mit Fähnchen. Sie klatschen Beifall. Sie umarmen uns.
Es gibt Begrüßungsdrinks.
Welch ein Empfang!
Mir kommen die Tränen. – Vielen anderen auch.
Auch wir umarmen uns und sind einfach glücklich.
Glücklich und gesund angekommen. – Und solch ein Empfang!

Es folgen die notwendigen Zeremonien: Zunächst – so will es das Protokoll – werden die Vorderreifen unserer Räder in die Nordsee getaucht. – Dieses sogenannte „Bike-dipping“ haben wir bereits bei der C2C-Tour vor zwei Jahren an der Irischen See und der Nordsee geübt.
Danach werden auf „Eins-Zwei-Drei“ die aus Wuppertal mitgeführten Steine ins Meer geworfen.

Das wird ein hart zu lösendes Rätsel für Geologen, Archäologen und Historiker in drei- oder fünftausend Jahren, wenn sie feststellen, dass unweit der Mündung des Tyne in der Nordsee ein Sediment anzutreffen ist, dass eindeutig aus den Kalksteinzügen des Bergischen Landes stammt. Dann wird es disziplinübergreifend viele Theorien und Spekulationen geben. Zahlreiche Magisterarbeiten werden sich an diesem Rätsel abarbeiten.

Meine einleitenden Bemerkungen zu diesem Zukunftsthema interessieren niemanden und versanden schnell; denn plötzlich muss alles ganz fix gehen. Die Drängel-Gitter der Radfahrtrassen, das Glasmuseum und die ausgiebigen Welcome-Rituale haben für eine wohl leichte Verspätung im Zeitplan gesorgt.
Auch der eigentlich hier vorgesehene Kazoo-Begrüßungsvortrag des *Twin Town Blues* muss verschoben werden.

Wir radeln am ersten Rettungsboot der Welt, das hier – überdacht – denkmalgeschützt in der Nähe des Strand-Boulevards ausgestellt ist, vorbei in Richtung unserer Unterkünfte.

Nach dem Bezug von schönen B&B-Zimmern, einer kurzen Dusche und flottem Dress-Changing eilen wir zu einem ersten Groß-Event, dem sogenannten *Pub-Crawl*, einer Art Kneipen-Rallye, die innerhalb des Kollegiums der Stadtverwaltung als besondere Betriebsfeier organisiert wurde.

Das Ganze geht so: In Vierer- bis Sechser-Teams muss an diesem Abend eine gewisse Anzahl örtlicher Gaststätten aufgesucht werden. Wir Wuppertaler werden jeweils zu zweit den englischen Mannschaften zugeteilt. In den Schänken gilt es, als Team einige Wissensfragen zu beantworten bzw. Geschicklichkeitsaufgaben zu meistern und – natürlich – dazu das eine oder andere „pint of beer“ zu trinken.

Nach Erfüllung dieser Aufgaben leert man zügig das Glas, bricht eilends auf und begibt sich zum nächsten Pub mit den dort wartenden neuen Herausforderungen.
Lustig!
Ich bin meinem mir zugeteilten Team allerdings überhaupt keine Hilfe, verstehe meist die Fragen nicht mal ansatzweise – geschweige denn die Antworten zu kennen.
Und beim Trinken hapert es auch.

> Ich kenne das Spiel nur in einer rudimentären Kontinentalversion, die sich in Sonnborn großer Beliebtheit erfreute:
> An der Sonnborner Straße befanden sich in den Sechziger Jahren zwischen dem Schwebebahnhof Hammerstein und der Evangelischen Hauptkirche nicht weniger als zwölf Kneipen, sieben auf der nördlichen und fünf auf der südlichen Straßenseite.
> Das schlichte Regelwerk sah vor, in jeder dieser Wirtschaften ein Bier und einen klaren Schnaps zu trinken. Wer als erster in der Zielkneipe Zur Linde ankam, hatte gewonnen. Vorgeschrieben war „Trinken im Stehen am Tresen“.
> Sitzen war strengstens untersagt.

Es wurden Wettbewerbe im Einzel, im Doppel und im Quartett ausgeschrieben. Auf Schiedsrichter wurde generell verzichtet. Für Vollständigkeit bei den zwölf Kneipenbesuchen zählte „Treu und Glauben“, ein Grundsatz, der in Sonnborn heilig war und immer noch ist. Die Rennen wurden traditionell am Freitag-Abend gestartet und endeten irgendwann am frühen Samstag.

Leider habe ich es nie weiter als bis zum Rutenbecker Hof (Station 6) geschafft. Das dauerte fast den ganzen Abend und endete meist – im wahrsten Sinne des Wortes – übel.

Ich bin mir nicht sicher und es ist – und war es immer schon – äußerst schwer zu kontrollieren, ob die Geschichten über die Sieger und ihre Bestzeiten nicht nur „Märchen“ waren. Roger schwor irgendwann mal „bei allem, was ihm heilig war“ – und das war eine ganze Menge – es in Hochform einmal geschafft zu haben, die Strecke hin bis zur Linde und bis zur Hälfte wieder zurück zu absolvieren.
Vertrauenswürdige Zeugen gab es allerdings nicht.
Und ich glaube es tatsächlich bis heute nicht.
Ebenso wenig wie die kolportierten Gerüchte über die „verschärfte“ Form, die vorschrieb, den Rückweg nach Hammerstein über das Gerüst der Schwebebahn zu nehmen.

Wie auch immer: Die South-Shields-Version hat wesentlich mehr Stil und macht auch wesentlich mehr Spaß.
Mein Team wird von Pub zu Pub immer lustiger.
Ab und an gebe ich auch eine Antwort und ernte größtmögliche Heiterkeit bei der Equipe, bei den konkurrierenden Mannschaften und besonders beim Theken-Personal. Jedoch brauche ich immer länger zum Austrinken, was mir die englischen Freude als gute Sportsmänner allerdings überhaupt nicht übelnehmen.

Schön sind die Wege von einem Schauplatz zum nächsten.
Die frische Meeresluft des Partnerstadt-Sommerabends tut gut.

Mit schon schwerer Zunge versuche ich irgendwann, meinen Mannschaftskameraden ein Trinkspiel nahe zu bringen, das bislang ausschließlich ebenfalls in Sonnborn gespielt wurde – solange, bis es per Dekret der Sonnborner Gastronomiebetriebe in den frühen Siebzigern offiziell verboten wurde.

Das Spiel heißt „Das Türmchen" und funktioniert folgendermaßen: Die Spiel-Teilnehmer ordern beim Wirt die folgende Dinge und „türmen" sie – vorsichtig – aufeinander. Von unten nach oben: Großes Bier – Bierdeckel – Kleines Bier – Bierdeckel – Gläschen klarer Schnaps – Bierdeckel – Schachtel Zigaretten – Bierdeckel – Schachtel Streichhölzer – Bierdeckel – Zigarre (Burger Stumpen oder Weiße Eule). Dazu bestellt man einen Würfelbecher mit lediglich einem Würfel.

Die Spieler sitzen im Kreis um den Turm herum und würfeln im Uhrzeigersinn. Wer die erste „1" würfelt, erhält als Preis die Zigarre. Die zweite „1" hat mit dem Bierdeckel leider eine Niete. Derjenige mit der nächsten „1" gewinnt die Streichhölzer und muss dem Ersten die Zigarre anzünden.
Und so geht es immer weiter.
Der nächste „1er" hat einen Bierdeckel, dann gewinnt einer Zigaretten, muss jedem Mitspieler eine spendieren und der Streichholz-Mann muss Feuer geben.

Irgendwann wird es spannend; denn nun geht es beim Würfeln einer „1" um Alkoholika.
Erst kommt der Fusel, dann das kleine Bier.
Und alles – so sagt des der Spielplan – MUSS SOFORT und KONSEQUENT konsumiert werden.

Das Türmchen-Spiel tritt in seine entscheidende Phase, wenn ein Spieler mittels Würfeln der „1“ das große Bier gewinnt. Er trinkt es möglichst schnell; denn während seines Trinkens wird weiter gewürfelt.
Schafft es der Trinker, den halben Liter zu leeren, bevor eine „1“ gewürfelt wird, muss der letzte Würfler den nächsten Turm zahlen. Wird vor vollständiger Leerung des Glases eine „1“ geworfen, muss der unglückliche Zecher löhnen – darf aber in aller Ruhe austrinken.

Das Spiel gewinnt spätestens beim dritten oder vierten Turm erheblich an Dynamik. – Inzwischen qualmen drei bis vier fiese *Weiße Eulen*, hüllen die Kneipe in Nebel und lassen die Augen tränen. – Inzwischen wollte es das Würfelglück oder -pech, dass immer der Gleiche den Schnaps bekommt, ein anderer schon zwei Halbe auf Ex getrunken hat. Am Tisch wird es lauter, das Würfeln wird hektischer, immer öfter fällt der Würfel auf den Boden, wird der halbe oder auch der ganze Turm durch unkontrollierte Armbewegungen abgeräumt.

Wegen dieser Schlussphasen kam irgendwann der Moment, an dem auch die toleranten Wirte in Sonnborn – durchaus an „manches“ gewöhnt und eigentlich auf „alles“ gefasst – keine Türmchen mehr verkaufen wollten.
In der Schlussphase der Türmchen-Ära war eine ordnungsgemäße Durchführung des Spiels ohnehin nur noch im Rutenbecker Hof möglich.

Es gelingt mir leider nicht, „The Tower-Play“ so zu vermitteln, dass meine englischen Freunde auch nur irgendetwas auch nur ansatzweise verstehen. Tja, auch mein Englisch-Unterricht war wohl irgendwie nicht lebensnah.

Am Ende der heutigen South-Shields-Rallye treffen sich alle Teilnehmer in weitestgehend guter bis sehr guter Verfassung in einem zentralen Wirtshaus. Es gibt die Verkündung des Endergebnisses, eine Siegerehrung sowie Musik und Tanz. Und ich treffe meine heitere Reisegesellschaft wieder.
Es ist mächtig warm und mächtig laut.
Eine Riesenstimmung.

Wir kennen jetzt schon – nur wenige Stunden nach der Ankunft – neben unseren Radfahr-Begleitern viele, viele Menschen in South Shields.
Und sie kennen uns.

Ich habe einen formidablen Rausch, komme aber irgendwie in unserer Pension in der Nähe der Ocean Road an, grüble noch lange darüber nach, wo wir denn heute gestartet sind – und schlafe wie ein Stein.

South Tyneside

Im Jahr 1951 – also nur sechs Jahre nach dem Ende des fürchterlichen Krieges – begründeten Mr. Nicholson aus South Shields und Herr Schwung aus Wuppertal eine Partnerschaft zwischen den beiden Städten in England und Deutschland. Ziel war der gegenseitige Jugendaustausch, um Verständnis zum „Nachbarn“ jenseits der Nordsee zu wecken, um nach all den Kriegsschrecken wirklichen Frieden zu machen, neue Freundschaften zu begründen, um solche Ereignisse in Zukunft für immer unmöglich zu machen.

Denn: Wer sich kennt, der schießt nicht aufeinander, lässt keine Tiefflieger auf den anderen los und wirft keine Bomben.
Und er lässt sich das auch nicht von irgendwelchen Despoten einreden.

Die Vision von Nicholson und Schwung wurde zur Realität.
Viele Jugend- und auch andere Gruppen fanden in den letzten fast fünfzig Jahren zueinander, besuchten sich gegenseitig, lernten sich kennen. Auch die jeweiligen Stadt-Oberen pflegten diese Städtepartnerschaft, die eine der allerersten – zumindest in Deutschland – war.

Viele weitere Partnerschaften sollten folgen:
Legnica in Polen, Košice in der Slowakei, St. Étienne in Frankreich, Matagalpa in Nicaragua, Beer Sheva in Israel, Berlin-Schöneberg und Schwerin, damals noch in der Deutschen Demokratischen Republik, wurden Partnerstädte Wuppertals.

Nach einer Gemeindereform vor einigen Jahren und der Fusion mit anderen Orten trägt unsere englische Partnerstadt inzwischen den Namen „South Tyneside“.

Im Rathaus empfängt uns die amtierende Bürgermeisterin.
Reden werden gehalten, Geschenke ausgetauscht, Getränke und Snacks gereicht. Wir sind angemessen gekleidet: keine T-Shirts, keine Radfahrhosen, keine Sonnenbrillen.

Im Amtszimmer der Bürgermeisterin, das sie uns mit Stolz präsentiert, entdecke ich an der Wand einen Zinnteller des Vereins ASV Wuppertal. Ich erinnere mich: In den letzten Jahren hatte m e i n Verein einen regen Fußball-Austausch mit den Marsden Juniors.

Dann dürfen wir uns alle in das Goldene Buch der Stadt eintragen.
Da durfte ich zwei Jahre zuvor bei unserem letzten Besuch schon einmal meinen Namen hineinschreiben. Damals im Übrigen nur vier Seiten hinter HER ROYAL HIGHNESS, der Queen herself.
Welch eine Ehre!

Die Bürgermeisterin zeigt uns den edel holzvertäfelten Ratssaal.
Wir nehmen mit Ehrfurcht auf den ehrwürdigen Polstersitzen Platz und intonieren mit sehr viel Gefühl und einem der Würde des Ortes angemessenen „piano“ den *Twin Town Blues*.
Überraschenderweise fliegen wir nicht – wie eigentlich zu befürchten gewesen wäre – wegen Albernheit hochkant hinaus. Die Bürgermeisterin hat wohl die notwendige große Portion Humor.
Sie zeigt sich sogar in gewisser Weise erfreut.
Vielleicht hat Tom sie auch vorher um Erlaubnis gefragt.
Jedenfalls ist ein Kazoo-Konzert im Ratssaal von South Tyneside sicherlich eine Premiere.

Nach diesem ehrenvollen Empfang steht „Freizeit“ auf dem Tagesprogramm. Bei aller Zuneigung zu meinen alten und neuen Freunden freue ich mich darauf, einen Nachmittag „mit mir“ zu verbringen, nicht zu plappern und zu plaudern und nicht alle zwei Minuten „Poller“ rufen und Angaben über gefahrene Meilen geben zu müssen.

Ich entscheide mich gegen die Besichtigung des ausgegrabenen Römer-Forts Arbeia und bummele lieber alleine durch die Innenstadt, in der mir viele Menschen aller Altersgruppen mit einem schwarz-weißen *Magpie*-Trikot von Newcastle United auffallen.
Ich komme – diesmal im Hellen – an diversen und mir seit gestern bekannten Pubs vorbei. Vor einem dieser Gasthäuser stehen drei Jungs in

rot-weißen Sunderland-Trikots, während *Magpie*-Verkleidete vorüber gehen. Sie machen beidseitig Scherze, lachen sich durchaus freundlich zu. – British Fairness pur!

Bei Coleman's, der wohl besten Fischbude westlich der Nordsee, wenn nicht weltweit, erwerbe ich ein Fischbrötchen und verzehre es auf einer Bank in Strandnähe, bevor ich den Boulevard südwärts längs der Dauer-Kirmes bis zu den *Leas* schlendere.
Genau der Weg, auf dem wir gestern einfuhren.

Der Wiesenweg über die *Leas* ist zu Fuß fast noch schöner als per Rad. Ich genieße es. Sitze im Gras und mir fällt ein, dass der Name meiner großen finnischen Liebe den gleichen Namen trug: „Lea".
Ihr vollständiger Vorname lautete „Lea-Marjatta".
Ich nannte sie „Lalena".
In der Audiothek von Lahti hörten wir Deep Purple.

Auf halbem Weg zum *Souter Lighthouse* gibt es einen Lift, der mich an den Fuß der Steilküste bringt. Bizarre Felstürme stehen im Meer, werden langsam ausgewaschen und ausgehöhlt. Millionen Steine liegen am Ufer. Und jeder Stein ist anders als der andere.
Hier wäre ein guter Platz für unsere Wuppertal-Steine gewesen.
Ich suche zwei Steine aus und werde sie zur Wupper bringen.
Oder zum Lüntenbecker Bach.

Mit dem Rücken zur Klippe lausche ich den Wellen und denke an nichts. Und ganz plötzlich dringt wieder diese geheimnisvolle „Castlerigg"-Melodie in mein Ohr. Eigentlich ist es weniger als eine Melodie – eher ein aufgelöster Dreiklang. Und von einer zur anderen Sekunde weiß ich endlich, woher ich sie kenne. Die Erinnerung macht mich traurig und froh zugleich.

> Annette, meine große Liebe, war nach zehn Jahren Klavier-Unterricht recht gut auf dem Piano. Gelernte Klassik-Stücke, aber auch Boogie-Woogie und Blues umfasste ihr Repertoire. Sie

spielte äußerst einfühlsam und sehr gerne hörte ich ihr zu, kam dabei zu entspannter Ruhe und kam ins Träumen.

Einer meiner Träume war es, mit Annette gemeinsam zu musizieren. Versuche mit ihr am Klavier und mir an der Blockflöte scheiterten ziemlich kläglich.
Dann kam sie eines Tages auf die Idee, mich am Klavier Akkorde spielen zu lassen – Tonika / Subdominante / Dominante – und zu diesem Akkord-Gerüst selbst zu improvisieren.
Das hörte sich richtig schön an.
Bald beherrschte ich auch verschiedene Tonarten und konnte die Akkorde auch in Dreier- oder Vierer-Tonfolgen auflösen.
Je nach unserer aktuellen Stimmung änderte sich die Tendenz unseres Spiels. Nach einer halben Flasche Gin waren es eher Stücke in Moll – meistens aber war es beschwingt, fröhlich, beglückend.

Nach drei Jahren zertrümmerte ich unsere Liebe.
Nie mehr seitdem habe ich ein Klavier angeschaut, geschweige denn angefasst.

Vor zwei Jahren, als ich vollkommen entkräftet, konditionell und auch mental absolut „am Ende“ im Steinkreis von Castlerigg ankam, in der Mitte dieses Kraftortes kauerte und – wie ein Wunder – tatsächlich körperlich und seelisch wieder zu Kräften kam, tönte in meinen Ohren dieser von mir so oft gespielte aufgelöste Dreiklang.

Jetzt wieder – ganz laut und ganz deutlich.
Und ich habe ihn wiedererkannt.

In die Stadt zurück nehme ich den Bus und bin pünktlich zum Abendessen-Treffpunkt bei meinen Freundinnen und Freunden.
Nach dem Dinner vertiefen wir ein wenig halbherzig die „Sieben-Todsünden-Diskussion“ und üben noch ein wenig an der Choreografie des *Anton von der Gathe*.

Der nächste Tag beginnt mystisch.
Beim Start pfeife ich *Morning Has Broken.* – Niemand pfeift mit.
Auch die Kazoos schlafen noch alle in den Lenkertaschen.
Im dichten Nebel macht sich eine große Schar englischer Radfahrerinnen und Radfahrer mit uns auf eine Fahrt rund um die Stadt. Eine lange Schlange Radler. Wenn ein kleiner Windstoß ein Fensterchen in die dicken Nebelschwaden weht, sieht man, dass voraus nicht sechs, sieben oder acht, sondern mehr als 20 Menschen in weißen Trikots radeln.

Zunächst geht es wieder Richtung Sunderland, dann rechts ab landeinwärts zu den Orten Whitburn, Boldon, Hebburn und Jarrow, allesamt Ortsteile unserer Partnerstadt South Tyneside.
Ab und an schließen sich weitere Radler unserer Nebel-Kette an.

An der Jarrow Abbey machen wir eine längere Pause und der Himmel reißt auf. Ich versuch`s noch mal mit *Here Comes The Sun*.
Wieder keine Reaktion.
Meine Freunde sparen sich ihre Musikalität noch auf.

Einmal im Jahr veranstaltet die Stadt South Tyneside eine Parade. Gruppen aller Coleur, Schulen, Vereine, Nachbarschaften ziehen mit Musikkapellen durch die Stadt.
Das kann man sich so wie den Wuppertaler Karnevalszug vorstellen.
Nur schlauerweise im Sommer durchgeführt.
Und schöner, wesentlich schöner!

HEUTE ist der Tag der Parade und wir, die GREEN-ROUTE-Radler aus der Partnerstadt dürfen den Umzug quer durch die Innenstadt anführen.

Schnell eilen wir von Jarrow zum Aufstell-Startplatz in der Nähe der Town Hall. Wir tragen alle unsere als Geschenk erhaltenen „Green-Route-Twin-Town-Cycling-Hemdchen“, unsere Räder sind mit grünen Bändern geschmückt und wir haben unsere Kazoos griffbereit.
Es ist ein wunderschönes Erlebnis.
Tausende Zuschauer am Wegesrand winken und rufen uns zu, klatschen Beifall und freuen sich.

Manchmal stockt der Zug und wir kommen mit Menschen aus der Schwesterstadt in kurze Gespräche, bevor es weitergeht. Geschätzte bzw. gefühlte hundert Mal klopft mir jemand auf die Schulter. Zum Teil schmerzhaft – aber richtig schön!!!
Partnerschaft zum Anfassen!

Viele Leute fotografieren.
Vermutlich kleben Bilder von uns demnächst in mindestens jedem dritten South-Tyneside-Familien-Fotoalbum. Why not?
Fünfzig Meter hinter uns marschiert eine Feuerwehr-Kapelle.
Wir unterstützen sie mit Kazoo-Klängen.

Dieses Ereignis ist unvergesslich.
Einer meiner alten Menschheitsträume war – von Kindesalter an – mit dem Karnevalszug mitzuziehen.
Es hat sich irgendwie nie ergeben.
Wegen des Wetters im Februar, wegen gleichzeitig stattfindender Fußballspiele, wegen anderer Vorhaben – wohl auch wegen meiner latenten Abneigung gegenüber organisiertem Frohsinn.

Ziel der Parade ist der Bent's-Park, eine schöne Grünanlage in Meeresnähe. Am Rand einer Grünfläche mit den Ausmaßen von mindestens vier Fußballplätzen ist eine Bühne aufgebaut.
Eine große Bühne, eine sehr große Bühne.
Das ganze Ambiente mit großer Bühne und sich mehr und mehr füllender Riesen-Wiese erinnert ein wenig an Woodstock '69.
Es IST Woodstock, als uns der Stage-Announcer auf die Bühne ruft.

Ich kneife ein wenig die Augen zusammen. Das Bild wird somit etwas unscharf. Aus den 2.000 Zuschauern und Zuhörern werden schnell imaginierte 200.000. Ich fühle mich wie Joe Cocker und Arlo Guthrie gleichzeitig, als ich das Intro zum *Twin Town Blues* auf dem Kazoo ins Mikrofon blasen darf. Unsere Combo wird von englischen Freunden unterstützt. Wolfgang spielt die Gitarre.

Das ist definitiv der Höhepunkt.
Des Tages, der Reise – meines Lebens?
Naja, letzteres vielleicht dann doch nicht.

Nach einer wohl auch unserer Aufregung geschuldeten eher durchschnittlichen Darbietung unseres Songs gibt es viel Applaus.
Ins nahe stehende Mikro rufe ich die Worte, die jeder große Rock-Star zum Abgang wählt: „THANK YOU“ und „GOD BLESS YOU“!
Toll: 30 Jahre nach Woodstock ’69 – Bent’s Park ’99!
Und ich durfte dabei sein, als Musik-Geschichte geschrieben wurde.

Es ist ein absoluter Rausch:
Wir sind nicht einmal 48 Stunden „in toon“, wie der Geordie sagt.
Und was ist nicht alles an schönen Dingen passiert in dieser relativ kurzen Zeit! Wieviel Begegnungen, wieviel Zuneigung, wieviel Freundschaft zwischen Menschen, die sich bislang gar nicht kannten!
Ohne Vorbehalt!
Es gibt keine Grenzen und die Sprachbarrieren spielen keine Rolle.
Und wenn die Worte fehlen, dann sprechen die Augen und das Herz.

Danke an alle, die dies haben real werden lassen – angefangen bei Nicholsen und Schwung über Tom und Wolfgang bis zu den vielen Menschen, die Städtepartnerschaft und Völkerfreundschaft nicht nur predigen, sondern einfach leben.

Am Abend findet in Little Haven ganz in der Nähe der Stelle, wo wir vorgestern so herzlich empfangen und begrüßt wurden, die Farewell-Party statt.

Es wird ein unvergessliches Fest.
Unsere Freunde haben alles aufgeboten, um mit uns zu feiern.
Es spielt die Beaconband, eine Band, in der Tom die irische Trommel schlägt. Zudem sind uns Maria, die Sängerin, und Jim, einer der Gitarristen, schon als Radfahrer bekannt. – Wir lernten die beiden seinerzeit im Lake District während der C2C-Tour kennen.
Das von Tom gesungene *Whiskey in the Jar* reißt uns zu Jubel hin.

Die Stimmung ist unbeschreiblich.
Auch unser lang geübter Anton-Vortrag wird zu einem Höhepunkt. Jürgen und Herbert legen eine professionelle und total lustige Performance hin. Schon beim zweiten Vers singen unsere Gastgeber mit. Die Tränen fließen – vor Lachen!

Bevor wir gehen, bilden wir alle einen großen Kreis, nehmen uns an die Hände und singen gemeinsam den *Irish Blessing Song*:

May the road rise to meet you
May the wind be always at your back
May the sun shine warm upon your face
May the rain fall soft upon your fields
Until we meet again –
May God hold you
In the hollow of His hand.

Back Home

Eigentlich würde ich ja ganz gerne hier bleiben.
An diesem sonnigen Sommer-Sonntag an der schönen blauen Nordsee.
Aber auf der Ocean Road steht der Bus, der uns und unsere Räder nach Hull bringen wird.
Noch einmal gibt es einen rührenden Abschied mit grünen Bändern und Fähnchen, mit Lachen und auch mit ein paar Tränchen.

Und so fahren wir denn los:
Auf der Autobahn kommen wir an York vorbei ist ja eine ziemlich lange Strecke und die sind wir in voller Länge mit dem Rad gefahren! Respekt, Respekt! – bis Beverley, wo wir eine richtig ausgiebige schöne Pause machen, durch die Stadt bummeln, Ausschau nach Biebern halten, das Minster besichtigen und in einem Pub den Sonntags-Musikanten lauschen.
Als wir um einen Gesangsbeitrag gebeten werden, trauen wir uns leider nicht, mit den Kazoos „unseren“ Song zu spielen. Stattdessen singen wir „Danke für diesen schönen Morgen“.
Weiter geht's mit dem Bus zur Fähre mit den schon von der Hinfahrt bekannten, aber von uns heute wesentlich gelassener hingenommenen Check-in-Stress-Situationen.
Das Schiff bringt uns über die ruhige Nordsee, wo ich beim Dinner-Büfett einen strahlenden Sieg im Match „Milu vs. Reederei“ lande, wo es darum geht, ob ich es schaffe, beim All-you-can-eat-Büffet so viel zu futtern, dass der von der Reederei aufgerufene Preis von so-und-soviel Britischen Pfund für Wareneinsatz, Personalkosten etc. übertroffen wird. Und auch später in der Bar beim beliebten Spiel „Welches Stück spielt der Pianist als nächstes“ mit den drei Volltreffern *As Time Goes By*, *Take Five* und *Strangers In The Night* gegen Bettina ganz weit vorne liege und einen Gin-Tonic gewinne.
Von Rotterdam, wo es nach einem ausgiebigen Schiffsfrühstück und einem Remis zwischen mir und der Reederei jetzt ohne Räder, die von Christian und einem Transporter plus Anhänger nach Wuppertal zurückgebracht werden, mit der Bahn weitergeht.

Über Eindhoven und Venlo fahren wir entspannt zurück ins Bergische Land. Und während der Fahrt erzähle ich meinen interessierten Freunden einiges über das schöne, am Fenster vorbeigleitende Holland und was ich dort so alles erlebt habe.
Anschließend erzähle ich ihnen dann etwas über meine alten Pläne in Bezug auf das „Freie Sonnborn", die Anfang der Siebziger schon recht weit gediehen waren, dann aber doch aus unterschiedlichen Gründen scheiterten.
Ich erhebe mich feierlich, als wir durch Sonnborn fahren und lege die rechte Hand auf die linke Brustseite und bin hocherfreut, dass Doris kichernd und Herbert ernsthaft es mir gleich tun.

Vom Elberfelder Hauptbahnhof gehen wir zu Fuß zur Stadthalle, wo zahlreiche Angehörige und Freunde auf uns warten.
Ein Jubel-Empfang!
Augenblicklich werden die entscheidenden Szenen dieser langen und ereignisreichen Reise erzählt und pantomimisch nachgestellt. Als Christoph Kolumbus oder Marco Polo in ihre Heimat zurückkehrten, dürfte es ähnlich gewesen sein. Von vielen glücklichen Menschen wird viel gelacht im Schatten der Stadthalle.

Mein fünfjähriger Neffe Juri fragt offiziell an, ob wir so eine Fahrt bald auch mal mit Dreirädern und/oder Tretrollern unternehmen würden. Daran sei er stark interessiert.

Wolfgang flüstert mir zum Abschied ins Ohr: „Im nächsten Sommer fahren wir nach Polen – dort haben wir doch auch eine Partnerstadt."
Und seine Augen lachen.

In all der Aufregung haben wir unseren Plan, noch einmal den *Twin Town Blues* zu spielen, glatt vergessen.

Aber: Der Sommer ist noch lange nicht vorbei!

THE GREEN ROUTE
DER GRÜNE WEG

Danke

Mein großer Dank geht an die visionären Menschen, die im Jahre 1998 unter den Zielsetzungen

„GRENZEN ÜBERWINDEN,
MENSCHEN BEGEGNEN,
KULTUR ERFAHREN,
FREUNDSCHAFTEN SCHLIESSEN,
STÄDTEPARTNERSCHAFTEN STÄRKEN“

den Verein „DER GRÜNE WEG – MIT DEM FAHRRAD ZUR PARTNERSTADT e.V.“ gründeten und damit eine „Bewegung“ starteten. Ich danke den Organisatoren der England-Fahrt 1999 für die perfekte Vorbereitung und grandiose Durchführung dieser wunderbaren Reise

Many thanks to all our friends in South Tyneside for their warm welcome, for their support and their warm friendship – especially to Mr. John Gulson and Mr. Tom Fennelly, the „fathers of the movement“.

Besonders danke ich den vielen Menschen meines Familien- und Freundeskreises für ihre Ermunterung, mich auf dieses Abenteuer einzulassen und mit dem Rad von Wuppertal nach South Tyneside zu fahren.

Ein ganz großes „Dankeschön“ und mein größter Respekt geht an die tapferen Männer und Frauen des GRÜNEN WEGES, die mich auf diesen vielen Kilometern und Meilen begleitet und ertragen haben. Ihr alle habt mir herrliche Wochen geschenkt! Ohne euch hätte ich wohl nur eine Runde um den Kemnader See geschafft.
Und dies vermutlich recht freudlos.

Von Herzen danke ich meinem Freund, Mentor und Lektor Wolfgang Mohrhenn, der mich unermüdlich darin bestärkt hat, meine Erlebnisse, Beobachtungen und Gedanken aufzuschreiben und dies bitter mit der Korrektur von ca. 650 Syntax-, Grammatik-, Orthografie- und Interpunktionsfehlern bezahlen musste.

Ganz besonders danke ich Nicole Stöcker, die in langen Nacht-Schichten und mehr als mühevoll mein Gekritzel gelesen, entziffert und am Computer in eine lesbare Form gebracht hat.

Ein großer Dank geht an Erika Brose, meine Lehrerin an der Katholischen Volksschule Am Thurn / Sonnborn, die mir mittels der sogenannten „Ganzheits-Methode“ sehr geduldig das Lesen und das Schreiben beigebracht hat.

Vielen herzlichen Dank an den verehrten William Least Heat-Moon für seine Inspiration.

Nicht zuletzt danke ich den Leserinnen und Lesern, die es geschafft haben, bis zu dieser Seite durchzuhalten.

ANTWORTEN AUF OFFEN GEBLIEBENE FRAGEN

Kapitel „GRUITEN“

Die in der Sylvester-Nacht angedachte Skandinavien-Reise kam im Sommer ’71 tatsächlich zustande. Sie wurde in jeglicher Hinsicht zu einem großen Erfolg und könnte mit der Beschreibung der Erlebnisse dieses Sommers sicherlich ein weiteres Büchlein füllen.

Kapitel „WAMEL“

Die Befürchtung einer Sperre oder gar eines generellen Hausverbotes für Mitglieder des GRÜNEN WEGS im Fährhotel wegen der „Kazoo-Affäre“ erwies sich gottlob als unbegründet.
In den nächsten Jahren wurde die Herberge zu einem festen Übernachtungsort für nach England fahrende GRÜNE-WEG-Gruppen.

Kapitel „WHITBY“

Die angesprochene alteingesessene Seidenweberei musste leider nur wenige Monate nach unserer Demission Konkurs anmelden, was möglicherweise auch an den überzogenen Löhnen für die Appretur-Hilfsarbeiter lag. Allerdings überlebte interessanterweise die Betriebssport-Fußballmannschaft der Firma. Einige Jahre später hatte ich die große Ehre, für eben dieses Team über drei Spielzeiten spielen zu dürfen.

Die geplante, schlampig vorbereitete und schlecht gestartete „Weltreise“ steckte schon eine knappe Woche später in der endgültigen Sackgasse „Irland“. Für eine Weiterfahrt nach Amerika fehlte die finanzielle Grundlage. Überhaupt waren wir pleite und mussten uns bei irischen Landwirten für einfache Arbeiten wie Rodungen und Heuernte verdingen. Immerhin durfte ich zwei Mal pro Woche beim Zweitliga-Verein FC Carrickmacross mit trainieren. Don fand derweil dort die Frau seines Lebens. Im September trampten wir nach Hause, Don ordnete seine

Angelegenheiten, fuhr zurück auf die Grüne Insel, heiratete und entging somit auch der drohenden Ableistung seiner Wehrpflicht. Er lebte die nächsten 30 Jahre in Irland, England und Spanien, wo er zunächst im Antiquitätengeschäft, später in der Immobilienbranche tätig war. Ich begann eine Karriere als Post-Jungbote bei der Deutschen Bundespost.

Kapitel „GREAT AYTON"

Auch für mich war der Brunkeberger Festabend abrupt zu Ende. Für mein T-Shirt und meine längsgestreifte Lieblingshose sowieso. Ich geleitete die Trondheimer Lehrerin zu ihrer Pension, wo wir komplikationslos ankamen. Vor unserer Weiterfahrt in Richtung Norden am anderen Morgen schaute ich bei ihr nach dem Rechten. Es ging ihr wieder ganz gut. Wir tauschten unsere Adressen und haben viele Jahre lang Briefe hin und her geschickt. „Das" Thema ließen wir in unserer Korrospondenz schlicht außen vor. Vermutlich wusste sie auch gar nichts mehr davon, die gute Eija. Diesen ihren Vorname fand ich und finde ich bis heute richtig schön.

Kapitel „SUNDERLAND"

Tatsächlich bekam ich nur vier Jahre später – exakt am 3. August 2003 – ein mehr als würdiges Abschiedsspiel. Mit einer Internationalen Auswahl der vom GRÜNEN WEG organisierten Global Friendship Tour und Top-Spielern aus England, Polen, Israel, Nicaragua, der Slowakei und Deutschland spielte ich gegen den TuS Melle II. Die Mannschaftsaufstellung liest sich heute noch wie das Who Is Who des Fußballs zu Beginn dieses Jahrtausends: Roberto Carlos, Alan Moore, Gerhard Schäfer, Rafi Faibish usw. Den Anstoß zu diesem hoch beachteten Event vollzog kein Geringerer als Horst Szymaniak – DER Horst Szymaniak, der Nationalspieler und WM Teilnehmer, der Held meiner Kindheit. ER, Horst Szymaniak spielte MIR den Ball vom Anstoss-Kreis zu! HORST SZYMANIAK! MIR!

Ich coachte das Team und wechselte mich – unter dem Beifall des Publikums – in der 78. Minute selbst ein. Ich hatte dann noch drei erwähnenswerte Aktionen:

1. Ball mit dem Rücken zum gegnerischen Tor und noch in der eigenen Hälfte angenommen. Meine linkische Ball-Annahme wurde von zwei Meller Männern als Körpertäuschung missverstanden. Ich hatte den Ball und das Feld vor mir. Der lange 50-Meter-Flachpass kam punktgenau auf Rechtsaußen, wurde zwar von Schäfer verstolpert, und doch stellte sich mir die Frage, WARUM UM GOTTES WILLEN ich denn meine Karriere beendet hatte.
2. Im zentralen Mittelfeld ohne Grund umgefallen.
3. Gegnerischen Einwurf erneut ins Aus geköpft

Im Übrigen war die „dritte“ Halbzeit in Melle besser – wesentlich besser – als die zwei vorherigen.

Impressum

Grafik und Gestaltung:
Merten Durth, Disegno Kommunikation GbR, Wuppertal

Druck und Herstellung:
Börje Halm, Wuppertal

Bildnachweis:
Alle Fotos von Annelie Brücher-Mohrhenn außer
S. 184,191 Alan White / Tracks Photographics, South Tyneside
S. 9, 189 Antje Zeis-Loi / Medienzentrum Wuppertal

ISBN 978-3-9823169-1-8
1. Auflage 2021

TWIN TOWN BLUES (Only You)

Twin Town Blues –
I feel it night and day.
Twin Town Blues –
You are so far away.
Twin Town Blues –
It hurts so bad. My eyes are filled with tears,
Because I want South Tyneside to be near.

Twin Town Blues –
How can I find a way
Twin Town Blues –
To come here every day?
When I breathe the air
So nice and fair
Of South Tyneside's lovely coast,
It makes my mind go mad.
It's the place I love the most.

Wuppertal
says Hello
South Tyneside